P OF LONDON
THEATRES. & ALL PLACES OF INTEREST.

SHERLOCK HOLMES

**The Man Who Never Lived
and Will Never Die**

SHERLOCK HOLMES

The Man Who Never Lived and Will Never Die

✳

夏洛克·福尔摩斯

从未存在，永远流传

Alex Werner and Museum of London

✳

［英］亚力克斯·沃纳

英国伦敦博物馆 编

韩阳 孙依静 译

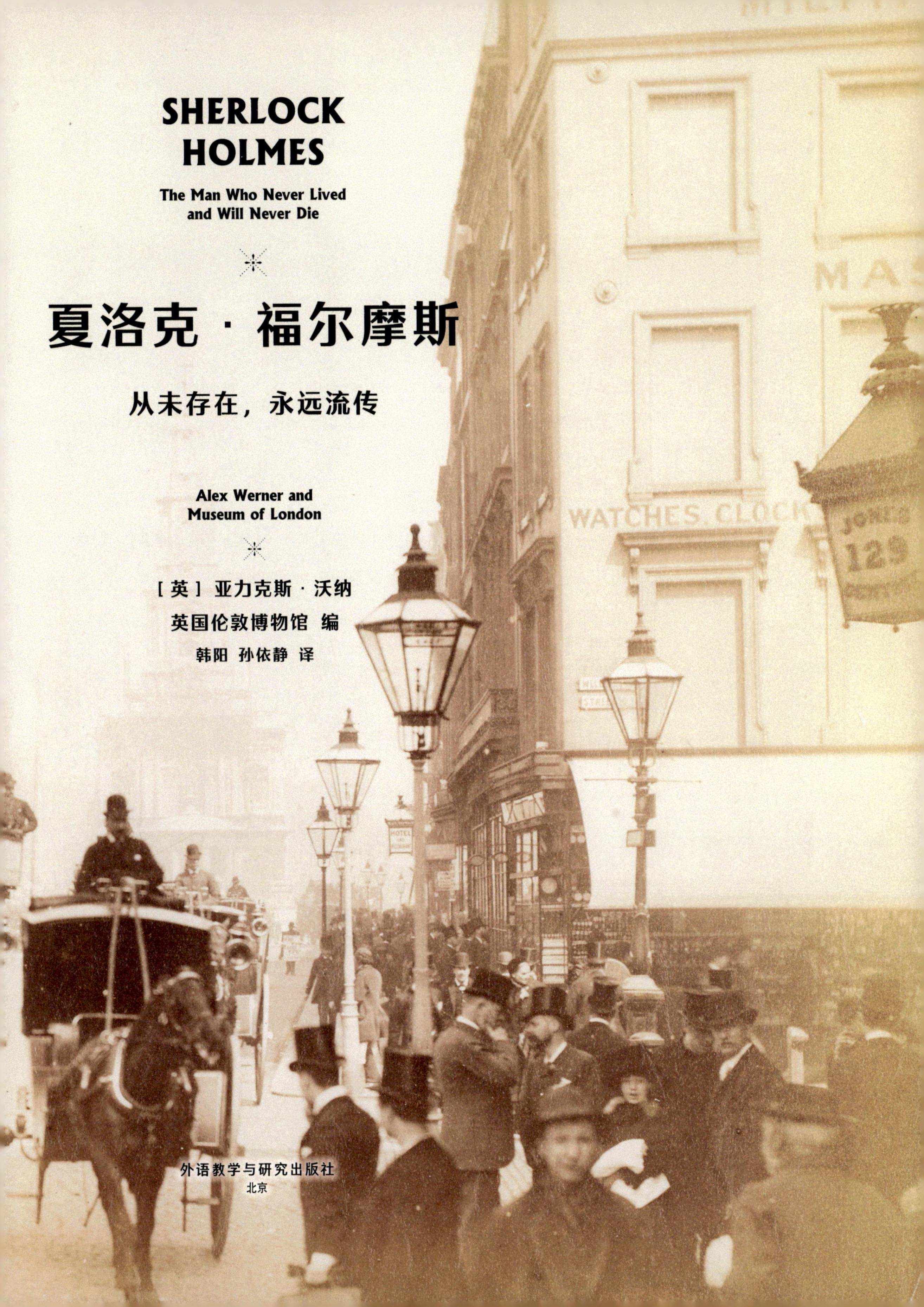

外语教学与研究出版社
北京

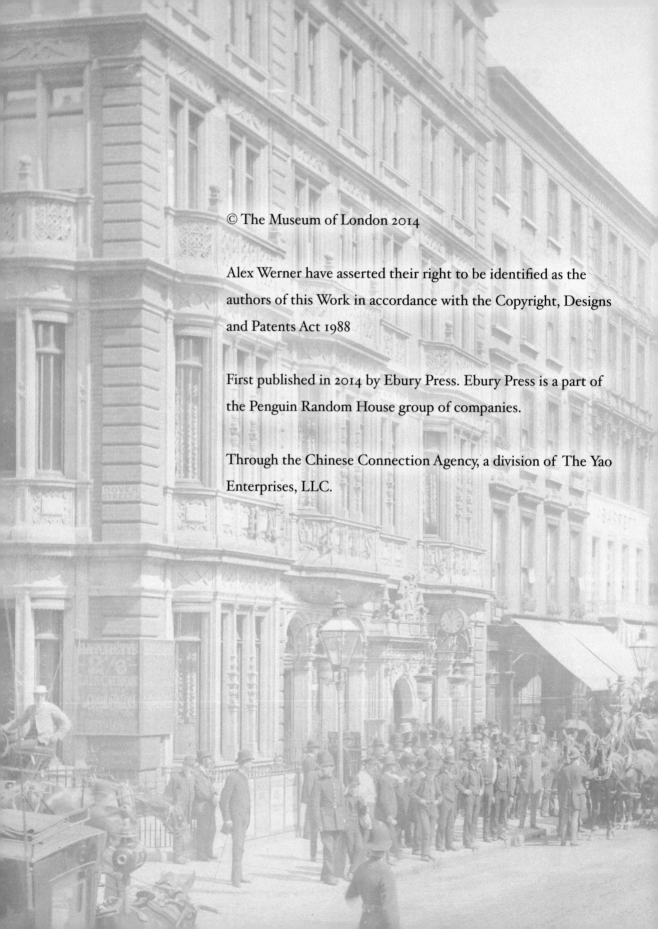

First published in 2014 by Ebury Press. Ebury Press is a part of the Penguin Random House group of companies.

Through the Chinese Connection Agency, a division of The Yao Enterprises, LLC.

目　录

Collier's

Household Number for March

序

　　夏洛克·福尔摩斯已跻身全世界闻名遐迩的虚构人物之列，令人惊讶的是，不列颠已经有 60 多年没有举办过大型的福尔摩斯主题展览了。不过近年来，随着英国广播公司出品的《神探夏洛克》的成功，罗伯特·多尔蒂的《福尔摩斯：基本演绎法》的播出，以及由盖·里奇导演、小罗伯特·唐尼与裘德·洛领衔主演的两部高成本电影《大侦探福尔摩斯》的上映，福尔摩斯可谓是迎来了全盛时期。两部电影加起来，票房已在 10 亿美元左右。

　　显而易见，阿瑟·柯南·道尔标志性的故事具备被无数次重新演绎的潜力，不管背景是维多利亚时代还是现代。总有新的读者被夏洛克·福尔摩斯吸引，而本书正是要探讨并揭示为何这位大侦探与他的世界能够经久不衰。书中讨论了他的个性的各个重要层面，以及作为背景的维多利亚时代与爱德华时代的伦敦：这是一座变化无穷的庞大城市，人口急遽增长，贫富差距悬殊。

　　本书的目的是帮助读者了解，为何夏洛克·福尔摩斯不仅仅是一系列普通的侦探故事的象征。夏洛克·福尔摩斯这个角色诞生在一个生活变得更加复杂、节奏更快的时期，而他被塑造为一个可以驾驭这一切的人。他被形容为"魔术师"，并利用自己的智慧、过人的观察技巧和法医鉴定能力，解决了无数复杂问题——通常是在别人都束手无策的时候。

　　在为伦敦博物馆的展览勾勒概念的时候，显然有几个关键话题是需要深入探讨的。首先，夏洛克·福尔摩斯漫长的影视历史是相当独特的，因为没有哪个虚构角色能成为如此多次表演的主角（也许除了德古拉和弗兰肯斯坦）。若想了解福尔摩斯是如何以这样一种压倒之势主宰流行文化的，我们必须要将这层层的演绎和描绘归类、剥去。不光是福尔摩斯，华生医生也一样，因为当人们想起他们的冒险的时候，这两个角色是密不可分的。甚至连戏份更少的角色，例如哈德森太太、莫里亚蒂教授、艾琳·阿德勒、莱斯特雷德警探，都在支撑构建这个格外特别的世界中发挥了重要作用。演员、编剧和导演都不约而同地从早期的影视作品中获取了灵感。人们通常认为杰里米·布雷特和巴兹尔·拉思伯恩是 20 世纪最重要的两位福尔摩斯扮演者，但在更早的时候，其实也颇有一些演员成功地在电影中扮演了福尔摩斯的角色，例如阿瑟·旺特纳、约翰·巴里穆尔和艾利·诺伍德。所有人中影响力最大的一位也许是威廉·吉列特：他曾在舞台上扮演福尔摩斯多达 1300 次，还于 1916 年拍摄了一部以他的舞台剧为蓝本的电影——很遗憾，现在已经失传了[1]。

　　19 世纪晚期至 20 世纪早期，在早期默片出现之前，就有两位才华横溢的插画家为福尔摩斯的故事注入了生命。在美国，为《科里尔周刊》工作的弗雷德里克·多尔·斯蒂尔在一系列彩绘封面中，精妙地捕捉到了夏洛克·福尔摩斯那种练达的自信。而在英国，则是悉尼·佩吉特的画作第一次将福尔摩斯和华生医生的形象在普罗大众脑海中固定了

---

[1]　法国电影资料馆已找到该电影的胶片并进行了修复。

下来。

其次，另一个需要考虑的重要因素则是伦敦本身的环境。夏洛克·福尔摩斯的伦敦是亦真亦幻的。他的世界以贝克街 221B 号这样一个真实街道上的虚构地址为原点辐射出去，涵盖了伦敦西区（大侦探的许多客户都住在这里），并延伸到大都市边缘的郊区。双轮出租马车载着福尔摩斯和华生医生，或在城市里穿行，或去往干线火车站，在那里他们又启程前往英国遥远的四面八方，去进行他们的冒险。

在夏洛克·福尔摩斯的故事刚出版的年代，伦敦是一个变化中的城市。许多老旧建筑被拆除，街道也得到了扩建。最明显的一个地方就是威斯敏斯特——在这里，无数政府摩天大楼在怀特霍尔的两侧拔地而起。不远的地方，在特拉法尔加广场和泰晤士河河堤附近，有许多皇宫般豪华的酒店供拜访帝国首都的人们居住。这些新城区为无数戏剧性的事件提供了发生的土壤，例如遗失的政府文件，甚至是陷入尴尬境地的外国要员。遇到这些事情的时候，就只能让世界上唯一的咨询侦探夏洛克·福尔摩斯出马了。

19 世纪晚期的伦敦本身也是一个具有鲜明视觉特色的城市。最初的电影导演们以一种令人难忘的方式捕捉到了它的熙攘繁忙。摄影师们记录下了伦敦所有的显著地标，也记录下了街头生活的种种细节。艺术家们也竭尽全力，想要捕捉首都独特的氛围、色彩和光影。时常萦绕街头的浓雾和烟尘给伦敦的视觉氛围添上了一抹危险而暧昧的气息。这种空气污染与这座城市诡异的夜晚巧妙融合，还有那些被汽灯照亮的鹅卵石街道，似乎在邀请"危险"前来进行一次午夜漫步。生活与艺术结合在一起，组成了这令人悚然的环境。阿瑟·柯南·道尔创作最初的福尔摩斯故事时，正是可怕的开膛手杰克连环谋杀案在白教堂（伦敦东部的一个区）发生的时候，而西区的舞台上，罗伯特·路易斯·史蒂文森[1]的《化身博士》每晚上演，也给伦敦的观众带来惊吓和冲击。

作为展览的一部分，我们同样想探索夏洛克·福尔摩斯的起源。一些早期的笔记和记事簿留存了下来，让我们能够了解柯南·道尔开始构建一种新型侦探时的思路。在一份年代约为 1885 年到 1886 年的笔记上，他草草写下了"雪林福特·福尔摩斯"和"奥蒙德·萨克"，说明当时角色的名字还没有完全定下来。不过，在创作的开始，使用"取证法"的"咨询侦探"这个相当精确的概念就已经存在了。

柯南·道尔还想到了约瑟夫·贝尔医生的技巧，贝尔是他在爱丁堡大学学习医学时的导师之一。柯南·道尔给贝尔当过门诊职员，这让他有机会研究贝尔的一项神奇技巧：仅仅通过细致的观察，贝尔就能分析出病人的背景和状况。夏洛克·福尔摩斯的外表也以贝尔医生的外貌为基础，道尔在对大侦探的首次描述里，就强调了他"细长的鹰钩鼻"。当罗伯特·路易斯·史蒂文森 1893 年在萨摩亚第一次读到福尔摩斯的故事时，他写信问柯南·道尔："这该不会是我的老朋友乔[2]医生吧？"

1　英国随笔作者，也是诗人和小说、游记作家，代表作有《金银岛》《绑架》《化身博士》等。
2　约瑟夫的昵称。

柯南·道尔的回复是："他是乔·贝尔和（稀释很多倍的）爱伦·坡的杜邦先生的杂交体。"[1]

埃德加·爱伦·坡深深影响了短篇小说的特质，并开创了侦探小说这一类型。爱伦·坡的《莫格街凶杀案》被称为"全世界第一篇侦探小说"。有意思的是，爱伦·坡小说中的主角和夏洛克·福尔摩斯一样，都具备高超的分析能力，且都会在犯罪现场进行周密的调查。

伦敦博物馆举办展览的目的之一，就是要拆解福尔摩斯复杂、独特的品质和性格。他回避一切情感，而且看起来除了华生医生和哈德森太太之外没有任何朋友。如果是在今天，我们可能会怀疑他有轻微的孤独症或双相障碍。不过，无论是什么原因造成了他的行为，夏洛克·福尔摩斯都是一个令人着迷的角色。他头脑冷静，深谋远虑，具有超凡的能力，同时却又被一种波希米亚的特质牵制，导致他心情低落或无聊时会使用成瘾性药物。他那拥有惊人分析力的大脑可以解决令凡人束手无策的复杂难题。他使用最新的法医鉴定方法来侦破罪案，还在一些艰深的领域拥有广博的知识，比如密码学和烟灰识别。他也是一位伪装大师，经常在城市里乔装出行。他不怕违犯法律，对于那些犯下罪行的人，他有时候也会扮演法官的角色对他们进行裁决。最重要的是，夏洛克·福尔摩斯和华生医生是真正的英国人——这一点从他们亲密的友谊和非常

----

[1]　欧内斯特·米休（编）:《罗伯特·路易斯·史蒂文森书信选》，纽黑文，耶鲁大学出版社，1997，540 页。

具有辨识度的绅士着装上可以很清楚地看出来。

柯南·道尔在创造出夏洛克·福尔摩斯之后没多久，就想要把这个角色杀掉。他认为这位大侦探让他无暇顾及在他看来更严肃的写作。在《斯特兰德杂志》[1]的 1893 年 12 月刊中，莫里亚蒂教授和夏洛克·福尔摩斯双双在赖兴巴赫瀑布坠崖而死，这个结局令英国和美国的读者们大为震惊和绝望。他们不断给作者施加压力，要求福尔摩斯回归。在顽强抵抗了 8 年后，柯南·道尔于 1901 年写出了大侦探最著名的一个冒险故事：《巴斯克维尔的猎犬》。然而，根据时间设定，这个故事发生在与莫里亚蒂的最终对决之前。终于，在 1903 年，柯南·道尔缴械投降，复活了这位大侦探。读者们发现，夏洛克·福尔摩斯又奇迹般地幸存了下来。

在后来的故事中，所有企图夺走他性命的行动都失败了——不过他倒确实会变老。他最后一次露面正好是在第一次世界大战全面爆发之前，他从退休生涯中重返舞台，智胜了一位德国间谍。

夏洛克·福尔摩斯的生命延续了下来，直到今天也依然不朽。希望本书可以让人们更好地理解，为什么这位标志性的侦探在读者中引起的共鸣依然像一个世纪前那么强烈。

托特纳姆法院路
约 1890 年

1　*The Strand Magazine*，一译《海滨杂志》。

SHERLOCK HOLMES

The Man Who Never Lived
and Will Never Die

✳

夏洛克·福尔摩斯

从未存在，永远流传

"身份（有误）案"
——柯南·道尔、夏洛克·福尔摩斯和 19 世纪晚期的伦敦
大卫·康纳汀 著

在伦敦的历史上，19 世纪 80 年代晚期是一个值得注意的变革年代。伦敦在这个时期突然获得了前所未有的显赫地位（不过同时也获得了让其他城市望尘莫及的骂名），作为一国首都，作为帝国都会，也作为地球上唯一一个独特的、无可比拟的（然而同时也是令人担忧烦恼的）"世界城市"；这种卓越的地位将一直持续到 1914 年战争爆发。人们对伦敦的帝国、王室和历史背景有了全新的认识，1886 年在南肯辛顿举办的殖民地和印度展的大受欢迎，第二年维多利亚女王登基 50 周年庆典的成功举办，吉尔伯特和沙利文在歌剧《王室警卫》中让庄严的伦敦塔扮演的重要角色，都证明了这一点。这个大都会的政府也迎来了重大变革，此后，大多数政府变革都由 1889 年新成立、经过民主选举产生的伦敦郡议会执行。不过历史悠久的伦敦城¹还是保留了它早已拥有的自治权，也成功避免了改革——某种程度上是通过夸大当时的伦敦城市长大人的光辉形象和壮举实现的。然而，富裕贵气的西区和贫穷困顿的东区之间的差距似乎在不断拉大，令人们愈发担忧；1886 年与 1887 年特拉法尔加广场爆发的失业人群暴乱，1888 年发生的恶名昭彰的开膛手杰克谋杀案，以及 1889 年的伦敦码头工人罢工，更使人们的焦虑倍增。作为对这种种事件的回应，有两件发人深省又对比强烈的事情发生了。新苏格兰场大楼成了飞速扩张的伦敦警察厅的总部；而在伦敦码头工人罢工发生的同一年，查尔斯·布思出版了他里程碑式的研究著作《伦敦人

1　英格兰大伦敦郡自治体，拥有伦敦自治市级行政权和其他权力。

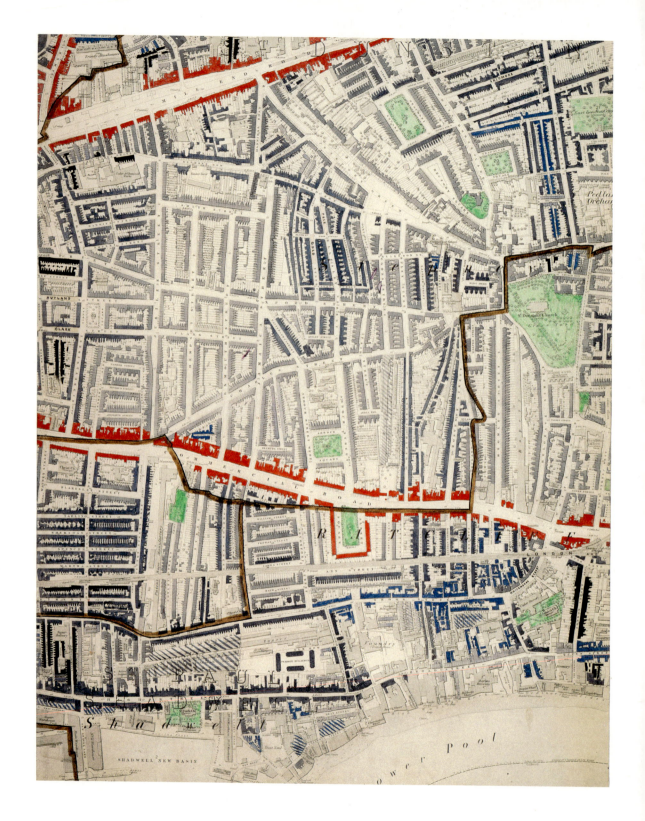

民的生活和劳动》的第一卷。这部著作给出的结论是，在这座世界上最伟大的城市，1/3 的居民其实生活在贫穷之中。

布思把伦敦描述为一个将当代城市生活的机遇和挑战都以最极端的形式展现出来的地方，从 19 世纪 80 年代中期开始，许许多多来自伦敦和其他各地的作家、思想家、批评家、记者、评论员和权威人士也持此论调。从一方面看，伦敦以前所未有的可怕方式贬低羞辱人类；从另一方面看，它又补偿般地为个人价值的实现和个体成就的获得提供了机会。年轻的阿瑟·柯南·道尔创作于这个时期的两部早期著作均体现了这两种日益深化的公众认知。在 1887 年发表的《血字的研究》里，华生医生在战场上负伤后回到家，资金有限，又几乎没有亲朋好友，于是自然而然地——但并不情愿地——被吸引到了英国的首都。他用谴责的口吻将这里描述为一个"巨大的污水坑，大英帝国所有游手好闲之人都不可抗拒地涌向这里"。然而一年以后，柯南·道尔又发表了一篇论调截然不同的文章，题为《不列颠知识分子的地理分布》。他在文章中提出，近几十年来，伦敦"显然培养出了比国内平均份额多得多的知识分子"。他又继续写道："考虑到财富在伦敦的集中程度，以及几百年来各行各业最聪明的人才都被吸引到这个大都会的情况，这种结果也是不出所料的。"柯南·道尔的夏洛克·福尔摩斯故事深受两种截然不同的伦敦形象影响：一种是如同一个巨大恶瘤的城市，或者说是"现代巴比伦[1]"，吸引并包藏着需要被绳之以法的危险人物；另一种则是作为一个伟大的奇迹之城，或者说是"新耶路撒冷[2]"，给人们提供了前所未有的可能与无限的机遇，孕育并吸引着许多卓尔不凡的风云人物，例如夏洛克·福尔摩斯本人——他的整个职业生涯的背景，正是 19 世纪晚期的伦敦。

※

《伦敦贫困地图》
手工上色原稿的局部
展现了伦敦码头附近的沙德韦尔、
拉特克利夫和斯特普尼地区
1889 年—1991 年
查尔斯·布思

---

1 西方文学中巴比伦有罪恶之都的含义。
2 耶路撒冷为著名古城，犹太教、基督教和伊斯兰教都奉该城为圣地。

时常有人说，福尔摩斯和华生的故事里有三个主人公：伟大的侦探、善良的医生和无所不在的大都会。在某种程度上（虽然也仅仅是在某种程度上），这个说法是对的。按照这种说法，伦敦就如同《王室警卫》中的伦敦塔一样，并不仅仅是一个被动的背景板，或柯南·道尔小说中一个没有生气的设定。伦敦对他来说，"就像对狄更斯一样，是一个为故事的形式和内容提供可能性的条件"。然而伦敦并不是福尔摩斯的故乡，他出身于乡村中产阶级。他来自一个历史悠久的乡绅家庭，在一座小型大学城上过一所"学院"，而且他最早的两个案子，《"格洛里亚·斯科特"号三桅帆船》（设定在 1874 年）和《马斯格雷夫礼典》（设定在 1879 年）分别让他去了诺福克和萨塞克斯[1]。不过在这其中的某个时候，他决定开展作为世界上第一位"咨询侦探"的事业，他将办公地点设在了伦敦，一开始在大英博物馆附近的蒙塔古街，随后又搬入了贝克街 221B 号。正如《血字的研究》中所述，他与华生医生一起于 1881 年入住贝克街，在那里办了 10 年案子，直到《最后一案》（设定在 1891 年）中他在赖兴巴赫瀑布与莫里亚蒂教授对决之后失踪，被推测死亡。之后，根据《空屋》（背景设定在 1894 年）中的描述，福尔摩斯又回归贝克街了。他的侦探事业又持续了将近 10 年，直到 1903 年末才告一段落，正如《爬行人》（背景设定在同一年）中所描述的那样。在那之后，他永远离开了伦敦，退休去了伊斯特本附近的南部丘陵上"那座我梦想中的小农庄"，在那里饲养蜜蜂，研究哲学。他有记录可查的最后两个案子与他最早的两个案子一样，都发生在城外的地点——《狮鬃毛》（背景设定在 1907 年）发生在萨塞克斯他家附近的海岸，而《最后致意》（背景设定在 1914 年）则发生在哈里奇附近。不过在 19 世纪 80 年代、19 世纪 90 年代中晚期，以及 20 世纪早期，夏洛克·福尔摩斯一直都住在贝克街，在后来的读者眼中，他仿佛是那个时期的伦敦的代名词。

----

[1]   已被划分为东萨塞克斯和西萨塞克斯。

然而在几个层面上，大侦探和伦敦之间的这种紧密联系其实只是误导性的文学伎俩。和他笔下那位"对伦敦的所有偏僻小径了如指掌"的侦探不一样，柯南·道尔本人对这个大都会的了解相当有限，因为他只在伦敦居住过很短的一段时间，而且没有像在他之前的狄更斯，或与他同时期的乔治·吉辛、H. G. 韦尔斯那样，成为一位对这座城市有细致观察并与之亲密接触的"伦敦"小说家。他的祖先是爱尔兰人（这也是他名字里"柯南"和"道尔"的来源），但他本人于 1859 年出生在爱丁堡，作为天主教徒就读于兰开夏郡的斯托尼赫斯特学院，随后在奥地利的费尔德基希求学，最后回到故乡学习医学。在学生时代，他在伯明翰做过医务助理。他作为随船医生，进行过两次漫长（而且是约瑟夫·康拉德[1]风格）的航行，一次去北极区，一次去西非。他在普利茅斯一所命途多舛的诊所当过短时间的合伙人，之后又搬到朴次茅斯附近的绍斯西，在那里他的事业有了起色，他还在 1885 年结了婚。柯南·道尔在居于南部海岸时期写出了第一篇夏洛克·福尔摩斯故事，但他与家人在 1891 年才移居伦敦——他想在首都做一位眼科专科医生。最开始他们住在蒙塔古广场（他的咨询室在上温坡街的德文郡广场 2 号），随后搬到了南诺伍德的郊区，那时候他已经放弃从医，成了一名全职作家。然而他在首都的居留时间很短。1893 年，柯南·道尔的妻子患上了结核病；在气候温暖的地区旅居两年后，他们一家人离开伦敦搬到了乡下，于 1896 年定居在萨里郡的欣德黑德。他再没有搬回过伦敦。10 年后柯南·道尔的妻子去世，他本人再婚之后搬到了萨塞克斯的温德尔舍姆庄园，在那里度过了余生。虽然那时他已经成了伦敦数个文学、社会与政治机构的成员，还在那里拥有一套小公寓以便留宿，但他没有再在这座城市长期居住过。

　　这就解释了为什么柯南·道尔远不像他创作的最伟大的角色那样，对 19 世纪晚期的伦敦了如指掌，也不像狄更斯、吉辛或韦尔斯那样熟悉这座城市。在写作《血字的研究》和《四签名》的时候，他只是偶尔

1　英国小说家，原籍波兰，做过海员、船长。其作品多以异域或海上生活为题材。

才会短暂地参观一下伦敦。他对 19 世纪 80 年代的伦敦的了解大部分来
自当时的街道地图集，而之后在首都居住的 4 年时间也并没有使他对伦
敦的了解加深多少。柯南·道尔从没有成为一位坚定的伦敦人，更不用
说终身的伦敦人了。福尔摩斯和华生的故事里随处可见描述上或地理上
的错误，而他本人对亨利·詹姆斯 [1] 所说的这座城市"不可思议的庞大"，

---

[1]　美国作家，1876 年迁居伦敦，晚年入英国籍，所作小说多以欧洲贵族、资产阶级社会
　　为背景。

或是对他经常在故事里列举却甚少描述的标志性街区或建筑也没有什么深刻的感觉。确实，他晚年甚至有一次声称自己从来没有去过贝克街。当然这不可能完全是真的，因为 1874 年他曾经去过当时位于贝克街的杜莎夫人蜡像馆；不过，虽然这条著名的大街在福尔摩斯和华生的故事里扮演了如此突出、如此重要的角色，但柯南·道尔却从没有在故事中给它增加过任何关于住宅情况或建筑细节的描述。这种局限和缺憾给欧文·达德利·爱德华兹的观点提供了支撑：夏洛克·福尔摩斯所在的 19 世纪八九十年代的伦敦其实完全不是这个大都会的真实面貌，而是柯南·道尔认识中 19 世纪六七十年代的爱丁堡的一个稍加修饰的版本：到处是狭窄的巷道，奢华与困窘毗邻而居，还有一种在规模更大、更松散的世界性城市里不存在的强烈的社群凝聚力。同样，贝克街小分队也不是 19 世纪晚期的伦敦帮派，他们的原型其实是跟柯南·道尔一起厮混过的一群爱丁堡年轻人。

柯南·道尔对伦敦简单肤浅的了解同样帮助解释了为什么福尔摩斯有那么多案子都是在伦敦之外办的：时常在萨塞克斯和萨里，偶尔去英国西南部和伯明翰——他对英国的这些地方比对首都更熟悉。在 4 部中篇小说里，《血字的研究》虽然设定在伦敦，但其实背景故事发生在美国；《四签名》也以伦敦为背景，但故事有很大一部分是关于之前在印度发生的事情；《巴斯克维尔的猎犬》中事件主要发生在英国西南部，虽然偶尔穿插有一些关于伦敦的片段；而《恐怖谷》案件则发生在萨塞克斯，还带来了另一段篇幅不短的美国支线剧情。在 56 个短篇故事里，有 1/3 以上的故事主要背景设定都不在伦敦。这里包括许多名篇，例如《银色马》（英国西南部）、《斑点带子案》（萨里）、《驼背人》（奥尔德肖特）和《修道院公学》（英格兰北部）。福尔摩斯的客户也有很多是从外地到首都来，请他帮忙解决一些乡村案件的，通常事情主要发生在某座偏远的乡下住宅里，比如巴斯克维尔庄园。而他会跟他们回去调查，所以他和华生才经常出入于首都的各个火车站。《铜山毛榉案》里，就是在这样一次乘火车出行的途中，福尔摩斯根据自己的经验得出了如下观察结论："伦敦最下流肮脏的巷子里，犯罪记录也并不比看似充满微笑和美景的乡村中的更可怕。"故事里也经常暗示福尔摩斯会办一些大陆的案子，委托人都是荷兰或斯堪的纳维亚的王室，教皇，土耳其苏丹等等。他巧妙地揭露了莫波杜伊男爵作为"欧洲成就最卓越的骗子"的身份，然而胜利之后他却病倒在里昂的一间旅馆里，而且据说福尔摩斯是在瑞士的赖兴巴赫瀑布坠崖而死，不是在伦敦。之后的 3 年"空档期"里，他一直在欧洲、亚洲和北非旅行。

当然，许多故事，不管它们最后走向何处，结束在哪里，确实是从伦敦的心脏开始的：福尔摩斯和华生舒适地安居在贝克街221B号，从窗户里隐约可以瞥见外面的煤气灯和双轮出租马车——还有下一个焦虑的、来回踱步的委托人。《铜山毛榉案》里就有一个这样的开场：

> 那是初春一个寒冷的早晨，早饭后，我们相对坐在贝克街老房子里熊熊燃烧的炉火边上。浓雾滚滚而来，在一排排灰褐色的房屋间弥漫。透过这黄色的团团雾气，对面的窗户时隐时现，仿佛变成了一块块暗沉模糊的东西。

柯南·道尔如此描述伦敦豌豆汤[1]般浓稠的黄色浓雾，以及雾气营造的神秘危险的感觉，说明他正确地认识到了一个都市现象。这个现象在19世纪八九十年代变得愈发严重，不仅困扰着当时的气象学家和环境学家，也吸引着亨利·詹姆斯和奥斯卡·王尔德这样的作家，以及惠斯勒和莫奈这样的艺术家。詹姆斯尤其喜爱伦敦的"气氛，它宏大的神秘感衬托并遮掩着一切，让它们变得发褐、饱满、暗沉、模糊"。"没有了浓雾，"莫奈曾经评论道，"伦敦便不会是一个如此美丽的城市。是浓雾给了她了不起的广度。"然而柯南·道尔从没有用如此诗意或形象的语言描绘过伦敦的雾。事实上，他几乎从未写到过它，因为在福尔摩斯和华生故事的文本里粗略搜索一遍，会发现只有35处提到了雾，而且大多数都出自一个以伦敦为背景的单篇故事（《布鲁斯-帕廷顿计划》），和一个以德文郡为背景的中篇故事（《巴斯克维尔的猎犬》）。确实，福尔摩斯和华生的故事几乎没有在所谓的伦敦的空气特征上费多少笔墨。不仅是雾气，烟尘和马粪的臭味，肮脏的人行道和大街，永不停息的马蹄落在鹅卵石路上的声音，以及让人几乎无法忍受的拥挤交通，这些都很少在故事里提到。

---

[1]　由于伦敦的黄色浓雾与豌豆汤的相似性，豌豆汤又被称作"伦敦特产"，伦敦雾也被称作"pea soup fog"。

然而，对浓雾的处理并不是柯南·道尔的首都构想中唯一的局限。就像 G. M. 扬所提出的那样，19 世纪八九十年代的首都——也就是典型的福尔摩斯的伦敦——正在逐渐从"狄更斯所熟知的那个巨大而不成形的城市——浓雾笼罩，瘟疫肆虐，沉郁地矗立在它那黑暗神秘的河边"，转化成"拥有怀特霍尔、泰晤士河河堤和南肯辛顿的帝国首都"。然而就像浓雾一样，瘟疫也没有受到柯南·道尔的多少注意。唯一值得关注的相关描写是在《临终的侦探》里，福尔摩斯声称自己因为在"罗瑟希德的河边小巷里调查了一桩案子"而患上了"绝对致命，而且非常容易传染"的"苏门答腊苦力病"。而《四签名》中对"神秘的"泰晤士河的描写，也差不多只是列举了一连串的名字和地点而已：福尔摩斯和华生进行了一次"疯狂的追逐……从伦敦桥的中央穿过，经过西印船坞和长长的德特福德河区，又绕过狗岛"，以追回犯人和被他们夺走的"阿格拉宝物"。"帝国的"伦敦在故事里也没有得到多少体现，因为大都会的大部分转变都发生在福尔摩斯于 20 世纪早期退休之后（而且要晚得多）。除了提到过一次皇家艾伯特音乐厅以外，对南肯辛顿的博物馆群几乎一字未提；而尽管福尔摩斯和华生经常横穿泰晤士河，他们却一次都没有走过伦敦塔桥——塔桥建成于 1895 年[1]，正是福尔摩斯"回归"之后不久。至于怀特霍尔，福尔摩斯的哥哥迈克罗夫特在那里工作，《海军协定》里也提到过外交部；然而欧文·达德利·爱德华兹认为，故事中对外交部大楼内部的描述，并非基于乔治·吉尔伯特·斯科特[2]早些年设计的那座宽敞大气的新古典主义建筑，而是以爱丁堡律师事务所拥挤昏暗的办公室为原型的。

不出所料，这个大都会里戏份最多的就是柯南·道尔在 19 世纪 90 年代早期短暂居住过的两个区域。第一个区域是伦敦中心区，从布卢姆斯伯里一直到玛丽勒本，以蒙塔古大街与贝克街（对福尔摩斯来说），和

----

1   一说于 1894 年建成并通车，1895 年全面投入使用。

2   英国维多利亚时代的仿哥特式建筑师，曾设计英国外交和联邦事务部大楼。

蒙塔古广场与上温坡街（对柯南·道尔来说）为界，被两条主干道分割：托特纳姆法院路和牛津街。这就是他们共享的大都会中心地带。第二个区域则反映了柯南·道尔后来移居诺伍德的经历：泰晤士河南岸绵延的郊区——"巨大城市向乡村地带伸出的庞大的触手"。这不仅包括诺伍德本身，还包括一些邻近的社区，例如锡德纳姆和斯特雷特姆，以及兰贝斯和肯宁顿，刘易舍姆和伍尔维奇，布莱克希思和格林尼治，布里克斯顿和克罗伊登，温布尔登和旺兹沃思。伦敦的其他部分也时常被顺便提及——伦敦城、码头区和东区，克勒肯维尔和科芬园，梅费尔、圣詹姆斯和蓓尔美尔街，摄政街和皮卡迪利大街，特拉法尔加广场、舰队街和斯特兰德大街，肯辛顿、海德公园和诺丁山，奇西克、哈默史密斯和富勒姆，以及（虽然提得很少）汉普斯特德和哈罗。火车站是最具重要性

※
特拉法尔加广场豪华酒店
约 1890 年

的建筑，特别是帕丁顿站、查令十字站、滑铁卢站、伦敦桥站和维多利亚站（福尔摩斯大多数的城外冒险都发生在伦敦以西或以南的地方）。故事里提到的还有大英博物馆、皇家艾伯特音乐厅、圣保罗大教堂和水晶宫；各式各样的剧院、旅馆和餐厅，有些是真实存在的（海马基特剧院、朗廷酒店和辛普森餐厅），有些则不是；圣巴塞洛缪医院、查令十字医院和国王学院医院（某种程度上是为了向华生医生致敬）；还有滑铁卢桥、哈默史密斯桥和沃克斯霍尔桥（虽然伦敦桥像伦敦塔桥[1]一样被忽略了）。

这一长串看得人眼花缭乱的名字（确切地说还有地址）准确地反映

I　伦敦桥是泰晤士河上一座几经重建的大桥，伦敦塔桥则是一座上开悬索桥，横跨泰晤士河，是伦敦的象征，两者不同。

出柯南·道尔描述大都会的方式的局限性，同时也指出了另一个经常被人忽略的要点。虽然福尔摩斯的伦敦里有一部分场所确实历史悠久，例如威斯敏斯特教堂和大英博物馆，科芬园的贵族庄园，布卢姆斯伯里和梅费尔，以及约翰·纳什[1]的摄政街，但他的城市里有很多地方都修建于他出生前不久或是他在世的时候（福尔摩斯和柯南·道尔一样，都是在19世纪50年代出生的）。滑铁卢站于1848年开始使用，帕丁顿站于1854年竣工，维多利亚站和查令十字站则分别建成于1860年和1864年。大都会地下铁路于1863年投入使用，将国王十字站、尤斯顿站和帕丁顿站连接在了一起；而《布鲁斯-帕廷顿计划》里，阿瑟·卡多根·韦斯特的尸体正是在阿尔盖特站外东去方向的路轨边被发现的。在故事里提到过的其他建筑中，锡德纳姆的水晶宫是为了1851年的博览会在海德公园建造的，威斯敏斯特宫和外交部大楼是19世纪60年代建成的，而皇家艾伯特音乐厅是1871年开放的。查令十字街、沙夫茨伯里大道、克勒肯维尔路、维多利亚街和泰晤士河河堤都是在维多利亚时代中期修建的，而诺森伯兰大街和罗斯伯里大道都是于福尔摩斯居住在伦敦期间铺设的。从查令十字街延伸出去八九英里[2]的大面积郊区大都是在19世纪下半叶建造的，并且配有公共马车、有轨电车和区间铁路线。直到19世纪70年代之后，旅馆、餐厅和剧院才成为伦敦中心区景观的重要元素。1888年曾有人评价道："这个庞大的伦敦确实是一个新的城市了。"这可能是夸张的说法，然而福尔摩斯和华生的大都会最惊人的特征并不是（像后来变成的那样）充满那些令人怀旧的古物，而是它无处不在的**现代性**。

　　诚然，在历史上，伦敦很长一段时间里都是王室、政府、司法机关和立法机构的所在地；同时它也是贸易与文化，政治与社群，文化与科学创新的中心；它还是一个大型港口，一个繁荣的制造业聚集区，和一

1　英国建筑师、城市规划师，以建设摄政公园和摄政街而闻名。
2　英制长度计量单位，1英里合1.6093公里。

CRYSTAL PALACE, SYDENHAM KENT. 7915

水晶宫，锡德纳姆
约 1890 年
乔治·华盛顿·威尔逊

个重要的经济中心。不过，在 19 世纪晚期，伦敦重新确立了它在整个联合王国的主导地位，同时也在前所未有的程度上真正成为世界的金融中心和帝国之都，而以上这些活动（除了制造业以外）全都随之得到了大规模的扩张和发展。这就导致了夏洛克·福尔摩斯居住在伦敦期间这里惊人的人口增长。在伦敦郡议会治下的地区，人口在 1881 年为 380 万，短短 20 年后就增加到了 450 万，而大伦敦地区的人口则从 470 万增长到了 660 万。因为有大量移民和工人从不列颠各地，从欧洲、北美和世界其他地方来到伦敦，所以各类职员和办公室白领激增，他们在市区工作，但住在新兴的、下层中产阶级聚居的郊区（参考"普特尔先生[1]"），

1　"普特尔先生"是乔治·格罗史密斯和威登·格罗史密斯创作的小说《小人物日记》的男主角，他是一名在伦敦上班的职员。

因此才有了中产阶级生意人和专业人才数量的空前增长，还有大英帝国其他地区以及美国的大量游客和居民的涌入。经过这样的扩张和发展后，这个大都市变得空前多样化，柯南·道尔的描述中也提到了这一点：福尔摩斯和华生曾经快速地"从伦敦各色区域的边缘掠过，依次经过时尚区、旅馆区、剧院区、文学区、商业区和海运区"。然而作为一段对这个巨大的、多功能的世界都市的描述，这一段文字是典型的精确性、模糊性和选择性的结合体。因为虽然时尚区、商业区和海运区可能有确定的地点，但其他的几个恐怕就不是如此了。如果柯南·道尔，或者福尔摩斯和华生，对一位出租马车车夫说要去"旅馆区"或者"文学区"，车夫肯定会一脸茫然（或者说一头雾水）。

二

以上就是柯南·道尔笔下 19 世纪晚期的伦敦的独特形象，它就像莫奈同时代的油画一样富有选择性和印象派特色。然而在更接近实质的层面，柯南·道尔创造的、夏洛克·福尔摩斯居住的这个非常个人化的大都会幻境背后，到底隐藏着什么？正如很多同时代的人意识到的一样，这个问题并没有一个直接的答案。首先，伦敦也许是一个实实在在的、无可争议的世界城市，但是没人知道它在全球的主导地位能维持多久，因为美国和德国也在以极其迅猛的速度进行工业化。它们很快就会在制造业上压倒伦敦，经济上似乎也即将领先；而纽约拥有多元种族的能量，有 5 个区的联合领土，还有（紧随芝加哥之后）走在前沿的摩天大楼，它似乎为都市的未来提供了一种非常不同又更加富有挑战性的版本。柯南·道尔在 1894 年初次到访纽约时，也承认了这一点。此外，伦敦作为杰出的帝国首都的地位其实并不完全是表面看上去的那样。"争夺非洲"的热潮，澳大利亚联邦的成立，以及对布尔人[1]的共和国的征服，意味着帝国的欢欣气氛到达了顶峰，尤其是在伟大的首都；

1　阿非利坎人的旧称。

然而戈登将军在喀土穆被杀，爱尔兰民族独立运动的发展，争取印度独立的国大党[1]的成立，以及不列颠在南非遭遇的可耻的失败，却讲述了一个完全不同的故事。到 1900 年，许多非洲和亚洲的年轻人在伦敦依法接受教育，他们中的很多人后来成为民族主义领袖。作为王室所在的首都，伦敦毫无疑问有过一段充满节日和庆典的时光：维多利亚女王登基50 周年庆典之后，是 1897 年的 60 周年庆典，4 年后则是她的葬礼和爱德华七世的登基典礼——一连串创新的王室盛会赞美着这个近来被神圣化的君主国。然而知情人心中一直潜藏着对王室丑闻的担忧，这都归因于威尔士亲王（后来的爱德华七世）的赌博爱好和婚外情，以及他的长子埃迪王子的不轨行为。

以上是 19 世纪晚期伦敦的诸多逆流和纷乱，除此之外，还有很多同样重要的事件。正如两位维多利亚时代晚期的巨人——索尔兹伯里侯爵[2]和格莱斯顿先生[3]所展现的那样，不列颠政府仍然是阳刚、高尚、热心公益、正直廉洁的——也是异性恋的。然而 19 世纪八九十年代同时也是一个道德恐慌的年代，一个对堕落、衰退、瓦解和退化愈发担忧的年代，一个对"新女性"和她对传统性别关系的威胁大感焦虑的年代，一个害怕伦敦的上层社会将陷入丑闻的泥泞的时代——例如奥斯卡·王尔德因为"有伤风化罪"而受审，克利夫兰大街上一所同性恋妓院的暴露：据说（也许这是错误的）埃迪王子经常光临此处。而下一代的政治领袖们也不是名誉和声望毫无争议的人。在消息灵通的社交和政治圈子里有传闻说，格莱斯顿的继承人罗斯伯里伯爵是一位同性恋者，而且曾与罗斯伯里同时在伊顿公学就读的阿瑟·贝尔福——索尔兹伯里侯爵的侄子和政治生涯继承人——是圈子里公认的"双性人"。在党派政治方面，在福尔摩斯居住于伦敦的大部分时间里，政府和国家政治的主导力

1　印度国民大会党，简称国大党。印度独立前是印度民族运动的领导者，独立后长期成为印度的执政党。
2　保守党领袖，曾 3 次出任英国首相，奉行扩张政策。
3　自由党领袖，曾 4 次担任英国首相，推行议会改革和扩张政策。

一张用照相凹版法制作的威廉·格莱斯顿全身像
取自全国自由党俱乐部中一幅由约翰·科林·福布斯作的画
约 1893 年

阿奇博尔德·普里姆罗斯，第五代罗斯伯里伯爵
1894 年

亨利·T. 格林黑德

量是索尔兹伯里以及后来的贝尔福领导的保守党人和联合主义者；他们立誓要维护不列颠的君主制，保卫大英帝国，并维持与爱尔兰的统一。然而大都会当地的政治情况却与此相当不一样，因为伦敦郡议会虽然是在保守党人的帮助下建立的，但直到 1907 年，把持议会的都是由自由党人和费边社成员组成的偏左的"进步"联盟，而他们的主张要激进得多。这并不是索尔兹伯里的政府想要看到的结果；为了约束他们创造出来的不听话的组织，他们又在 1899 年建立了 28 个都会自治市，以此作为平衡手段。

19 世纪晚期的伦敦有很多反差与矛盾，其中最明显之处似乎一直存

在于迪斯累里 ¹ 早些时候所称的"富人"与"穷人"之间。威尔士亲王
在莫尔伯勒府主持着另一个华彩俗丽的宫廷，放荡的贵族、富有的犹太
银行家和爱拈花惹草者是其中的常客。伦敦那些能够幸运地从股权、矿
产权利金和城市地产中获得大笔收入的地主在萧条季依然寻欢作乐，但
那些收入来源只有佃租的贵族就没那么好的运气了，因为在"大萧条 ²"
时期，农作物的价格一落千丈。在其他地方，在公园巷和梅费尔，南非
的钻石金矿大亨、美国的百万富翁和本土的富豪混在一起，例如爱德
华·吉尼斯（艾弗伯爵），艾尔弗雷德·哈姆斯沃思（诺思克利夫子爵）
和威特曼·皮尔逊（考德雷勋爵）。这些富豪的存在强化了人们心中的
传统印象：维多利亚时代晚期的伦敦是世界上最富有的城市。然而令 19
世纪八九十年代的许多观察者震惊的却是，在如此的富丽堂皇里，一直
存在着这么多的贫困潦倒。19 世纪 80 年代那种与暴动和罢工联系在一
起的社会危机感及分裂感很快就停止了，然而伦敦是社会问题集中的典
型城市这一认知却保留了下来。查尔斯·布思在 1892 年至 1897 年间出
版了 9 卷本的《伦敦人民的生活和劳动》第二版，又在 1902 年至 1903
年间出版了 17 卷本的第三版。与他同姓的威廉·布思将军，救世军的
创立者，在 1890 年出版了《在最黑暗的英国以及出路》，将伦敦描绘为
一片都市丛林，其中有些地方居住着肉体畸形、精神腐朽的"野蛮人"。
将军的合著者 W. T. 斯特德之前也曾呼吁人们关注伦敦的雏妓丑闻；在
开膛手杰克谋杀案发生期间和之后，越来越夸大其词——也越来越全国
性——的媒体频繁地将福尔摩斯的伦敦描述为全世界的违法犯罪中心。

　　不过，虽然贫困和卖淫的事实不可否认，但夏洛克·福尔摩斯的伦
敦实际上是在变得**更加安全**，因为从 19 世纪 50 年代开始，所有可靠的
犯罪指数就开始一路下降，一直到第一次世界大战爆发。1882 年的《大
都会警监报告》中称，伦敦是"世界上生命与财产安全最能受到保障的

1　英国政治家和小说家，曾任首相，在其作品中指出了英国富人与穷人间的鸿沟。
2　此处应指 1873 年发生的经济危机，而不是特指 1929 年至 1933 年的大萧条。

首都"，而 15 年后，内政部的刑事司法常务官在研究女王统治期间的趋势之后断言，"1836 年后犯罪行为大幅减少"。这种发展的成因和结果都有很多。19 世纪 80 年代，身穿制服的警察部队在公众心目中的地位达到了前所未有的高度。他们被广泛认为是正直、公平、勇敢、清廉的象征（尽管不是特别聪明），在吉尔伯特和沙利文的《彭赞斯的海盗》中也有对他们的善意的戏仿。着蓝制服的警察队伍中加入了着便衣的侦探们，他们在为新成立的刑事调查局效力；这些侦探也同样具备他们同事的那些正面特质（虽然有些乏味）。与此同时，一派新兴的被称为"犯罪学家"的国际专家群体开启了针对犯罪的科学研究（这些专家创作了一系列作品，福尔摩斯本人甚至也贡献了"几篇专题论文"）。随着警务和刑侦的改变，犯罪的性质也发生了变化。在狄更斯的伦敦，犯罪是公开、残忍而暴力的，常常表现为明显的、可怖的抢劫和谋杀，而罪犯们被视为"危险分子"，会对整体的社会秩序造成威胁。然而在夏洛克·福尔摩斯的伦敦，犯罪却更可能发生在私密且看起来很"体面"的住所；罪行的暴力程度降低了，因为它更多是与诈骗、侵占财产或勒索有关；找到犯罪者更需要脑力而不是体力；他们对社会秩序的威胁程度也降低了，因为违法犯罪者开始逐渐被人们视为有缺陷的个体和犯罪

※
警察和马车
1890 年
保罗·马丁

"专家"，而不是被笼统地看作定义模糊、视法律为无物的下等阶层的一分子。

　　这便是柯南·道尔短暂居住过的 19 世纪晚期的伦敦；虽然他并不能算是伦敦人，但他却在很大程度上是这个时代的产物，他的生活和态度反映了这个时代的很多矛盾与模糊之处。从一方面看，他似乎是典型的维多利亚时代晚期的保守派——他清楚地知道自己的种族与生俱来的优越性并以此为傲，对不列颠王室忠贞不渝，并深深热爱着大英帝国。他拒绝接受自己的爱尔兰血统和爱尔兰的民族主义，并且大半辈子都是爱尔兰地方自治的激烈反对者——他认为这是大英帝国分裂的预兆。他将维多利亚女王当作偶像崇拜（"我们生活的核心……我们所有人亲爱的母亲"），对爱德华七世也钦佩有加（爱德华七世葬礼的"宏伟……

色彩……和多样性"深深震撼了他）。他自愿作为医护人员到南非战场服役，还写了不止一本书为英国在布尔战争中的行为辩护，并因此获得了骑士爵位。他在 1900 年的普选中作为联合主义者代表参选（虽然落选了），6 年之后又参选了一次；他反对给予女性投票权，并且是英国在 1914 年到 1918 年间的战争行为的狂热支持者和记录者。确实，柯南·道尔热爱运动，遵行绅士们的骑士精神守则，有军队背景，还留着八字胡，活脱脱就是一个时代更早的"毕林普上校[1]"。然而在他的家人委托约翰·迪克森·卡尔为他撰写的传记中，试图树立和润饰的却是一个很不"毕林普"的形象；传记（并不能让人信服地）声称，柯南·道尔在很多层面上就是他自己笔下的夏洛克·福尔摩斯，这也体现在他的墓志铭"真实如钢，正直如剑"上。最近有一些评论家也接受了这种解读，不过不同的是，他们的目的在于谴责柯南·道尔是一个泥古不化的种族主义者和顽固的帝国主义者。

然而，柯南·道尔对维多利亚时代晚期大英帝国的许多传统保守主义远远称不上赞同。他在欧洲四处为家，非常适应德国与法国的文化和

I　大卫·洛笔下的漫画人物，是一个自大、易怒、极端爱国、符合刻板印象的英国人。

语言环境。他把他的许多历史冒险故事的背景都放在了欧洲大陆，而不是英国；令人钦佩的是，他把稍加修饰的格莱斯顿（"衣着朴素，高鼻梁，鹰一般的眼睛，性格强势"）和罗斯伯里伯爵（"天生具有一切形体和心灵之美"）放进《第二块血迹》里，做了夏洛克·福尔摩斯的委托人。他"很高兴"进步派赢得了新成立的伦敦郡议会的控制权，并且不赞成将当时席位世袭的上议院作为第二个议院，而且不赞成让伦敦大地主"不劳而获"的"不良垄断"行为；他赞成对"令人遗憾"的离婚制度进行改革和自由化，最终也回心转意开始支持爱尔兰自治。他摒弃了贯穿自己成长和教育生涯的罗马天主教，同时也拒绝了其他任何形式的基督教；从成年早期开始，他就被唯灵论吸引。他的父亲是个酒鬼。他在爱丁堡大学医学博士论文中写到了关于梅毒的问题，还在一些（非夏洛克的）作品中探讨了同性恋等问题；他欣赏王尔德也认识王尔德，并认为监禁他是不公正的。在他的第一任妻子患肺结核期间，他与另一位女子琼·莱基保持着长期的关系，他在小说《二重唱》中对他们的关系作了稍加掩饰的叙述，而且丧偶之后，他马上以道德允许的最快速度与琼结了婚。他也是美国废奴主义者亨利·海兰·加尼特的崇拜者；他担心不列颠在执行帝国使命的过程中有时候侵入性和干涉性过强，他（和约瑟夫·康拉德一样）反对比利时王室在刚果的自私和剥削行为（他的盟友包括罗杰·凯斯门特[1]和 E. D. 莫雷尔[2]）；在反对英国法律体系的司法不公的运动中，他为了帮助一位在德国出生的南亚裔犹太人，出手进行了干预。

阿瑟·柯南·道尔
19 世纪 90 年代

虽然具体层面不同，但夏洛克·福尔摩斯和他的创造者一样，其复杂矛盾的性格也是 19 世纪八九十年代的产物。一方面，柯南·道尔几乎把他塑造成了一个"超人"，一位掌握了近乎神奇的"特殊知识和特殊能力"的"巫师"，能够"智胜最足智多谋的敌人，解决最离奇古怪的难题"。他的头脑是有史以来最完美的推理机器，他的委托人都对他的观察推演能力赞叹不已，并且他对那些最重大的案子（例如《布鲁斯-帕廷顿计划》）的处理惊人地巧妙。"一件杰作，"华生告诉他，"你达到了前所未有的高度。"福尔摩斯还格外勇敢、强壮、大胆、无畏、足智多谋、老练高明、威风凛凛、敢于冒险；他是个富有侠义精神和爱国精神的"游侠骑士"，严格遵从一套事关荣誉和行为方式的绅士守则；如果他认为贵族和富豪德行有亏，举止不端，他会当面指责他们；作为"为人类造福者"，他多次让一个处于颠覆威胁下的世界恢复秩序。为此，他认为自己是凌驾于法律之上的：他可以毫不犹豫地闯入私人住所进行盗窃（显然只要他想，他就可以成为一名一流的罪犯）；如果他认为自己调查的谋杀案在道德上有公正的缘由，他会赦免凶手；他可以在有需要的时候随时向最位高权重的人寻求帮助；他从未出现在法院席位上，无论是作为证人还是被告；而且他自作主张地将自己封为"代表正义"的"最后也是最高的上诉法院"。就其本身而言，夏洛克·福尔摩斯就是一个早期版本的"超人"。"超人"这个角色形象由尼采在《查拉图斯特拉如是说》中提出，这本书最初的德语版出版于 1883 年[3]（柯南·道尔本人精通德语，阅读过很多德语书籍），并于 1896 年被翻译成英语。

1　曾任英国驻刚果自由邦领事，揭露了刚果的白人商人对土著劳工的残酷剥削。

2　曾组织运动反对比利时在刚果自由邦的暴行，并得到柯南·道尔的支持。

3　《查拉图斯特拉如是说》在 1883 年至 1885 年间分 4 部分出版。

032

然而在另一个如此对立以至于角色几乎完全自相矛盾的方面，夏洛克·福尔摩斯却并不是一位令人安心的"超人"，而是"超人"的对立面——一位自我放纵、用药成瘾的波希米亚式人物，一位19世纪晚期的唯美主义者与颓废者，一位孤僻疏离的知识分子，不像是尼采书中的人物，倒像是从奥斯卡·王尔德的书里走出来的。很多时候，他饱受无聊与厌倦的折磨。他的性取向并不明确——除了华生之外他少有（甚至没有）别的朋友，而且他对女人"抱有成见"。他使用海洛因和可卡因（虽然只是"浓度为7%的溶液"）；他喜欢抽烟斗、雪茄和香烟，贝克街221B号经常弥漫着浓密刺鼻的烟雾；他不分日夜地拉不成调的小提琴；他神经质，无精打采，经常情绪低落；处于这些情绪中时，他不是一个行动积极的人，而是"一个内省的、死气沉沉的梦想家"。而虽然他一再声称自己是个冷酷且深谋远虑的推理机器，但福尔摩斯同时也具备强烈的艺术和戏剧气质，完全可以成为一位了不起的演员（就像可以成为一位高明的罪犯一样）。他喜欢给他接的案件制造充满戏剧性的结局，他享受崇拜者的掌声，而且职业要求和个人喜好都令他经常乔装打扮，涂脂抹粉，扮演另外一个男人——或扮演一位女人。"只要在前额上抹一些凡士林，"在《临终的侦探》里他告诉华生，就好像在发表一份颓废派宣言一样，"眼睛里滴上颠茄汁，颧骨上擦一点儿胭脂，再用蜜蜡涂嘴唇，便可以达到非常令人满意的效果。"那么，在19世纪晚期的伦敦，到底是什么东西，令福尔摩斯矛盾地时而觉得无聊，时而又感到充满刺激？又是在什么样的情况下，福尔摩斯会像华生医生经常描述的那样，"瞬间变化……从一个倦怠的梦想家变成实干家"呢？

三

乍一看，这个问题的答案似乎显而易见，因为在19世纪八九十年代，伦敦犯罪界的"黑暗丛林"被广泛视为一个肮脏、危险、邪恶而且罪行频发的地方，其规模巨大，无与伦比，也就意味着这里提供的侦查机会和犯罪学可能性远远大于福尔摩斯在那些"一潭死水"般的地方

（比如格拉斯哥、加的夫、伯明翰、布里斯托尔、任何一座欧洲城镇，或欧洲大陆上的首都城市）所能找到的。所以作为有史以来第一位咨询侦探，他很自然地选择了这个世界上的第一城市作为他的据点。"他喜欢让自己置身于 500 万人口的正中间，"华生医生在《住院的病人》开头提到，"将他的蛛丝伸展出去，穿过人群，随时对任何微小的谣言或未解决的疑案作出反应。""在这样密集的人群的行为和反应中间，"福尔摩斯也曾在另一个场合这样告诉那位好医生，"任何形式的事件组合都有可能出现。"然而事实却往往无法满足福尔摩斯的高期望，因为在一个犯罪率下降、警力加强的年代，虽然耸人听闻的媒体报道声称并非如此，但其实伦敦正在变成一个更安全的城市，暴力犯罪减少了，多数不道德的行为都是鸡毛蒜皮的小打小闹，而且往往发生在体力劳动者内部（比如卖淫）。因此福尔摩斯总是唉声叹气地说，他满怀期望和决心，**却没有事情可以做**。"这些日子里，"他总是抱怨，"已经没有犯罪和罪犯了……人类，或者至少是罪犯们，已经失去了所有的进取心和原创性……在犯罪界，大胆和浪漫似乎都已经过时了。"犯罪已经变得"平淡无奇"（这是个关键词），这就意味着生活也变得平淡无奇；没有了有趣的、充满挑战的案件，剩下的只有"一些拙劣的恶行，犯罪动机显而易见，就连苏格兰场的警官都能一眼看穿"。

这就意味着对于福尔摩斯来说，伦敦生活的默认模式是没精打采的压抑和王尔德式的倦怠，因为很多时候，他是一个没有值得侦查的案件的侦探。只有在少数的情况下，当他面对一个"有趣的小问题"时，他的注意力才会被调动起来，让这个昏昏沉沉的波希米亚式人物突然振作，变成一位实干的（超）人。然而这些案件只有一小部分跟谋杀或重度身体伤害有关，有一些则不涉及"任何形式"的"法定犯罪"。这些案件一般发生在门户之内，以阴谋诡计为主，是专业的、白领阶层的犯罪，而不是公开的、暴力的、体力劳动者的。因此，福尔摩斯的工作很多时候都会涉及复杂的秘密及其带来的后果，还有揭露某个人的表里不一和遮遮掩掩，或是识破诈骗和财产盗用；要不然就是帮助贵族阶级"掩盖"会令他们蒙羞的"丑闻"（另一个关键词），或是寻找丢失的政府敏感文件。在《身份案》和《歪唇男人》中，做坏事的两个人虽然没有违犯任何一条法律，但却是残酷的欺骗行为的实施者。在《诺伍德的建筑师》里，福尔摩斯阻止了诺伍德承包商"欺诈他的债权人"的企图，而在《黑彼得》里，情节的关键又是一个蒙羞的银行家盗窃债券的行为。在《波希米亚丑闻》中，福尔摩斯（徒劳无功地）试图夺回波希米亚国王写给他的前情人艾琳·阿德勒的一些不体面的情书；《修道院公学》则围绕着一位被藏起来的公爵私生子的存在展开；而在《查尔斯·奥古斯都·米尔沃顿》中，福尔摩斯则对上了"勒索犯之王"。他为英国政府作出的贡献也包括很多类似的情况。在《海军协定》中，他成功找回了一份英国与意大利之间的秘密协议；在《第二块血迹》中，一封过激的、轻率的"某位外国统治者写的信"下落不明，这封信若被发表出来，将让"整个国家陷入战争"；而在《布鲁斯-帕廷顿计划》中，一艘新潜艇的设计图，"保守得最严密的政府机密"，"不见了——被偷走了，消失了"。

福尔摩斯在伦敦办的案件里很多都与揭露一些人想要掩盖的罪行，或找回政府想要保密的文件有关。这就反过来意味着，虽然他一而再，再而三地重复，他感兴趣的是问题本身而不是委托人的身份，但在实际操作上，来寻求他帮助的人很少有社会阶层较低的；而正像《修道院公学》的例子表明的那样，当福尔摩斯在首都以外的地区进行调查工作的时候，他的委托人也经常拥有类似的身份地位。这些案子也经常牵涉到诈骗、欺瞒、勒索或保密，其中最有名的是《巴斯克维尔的猎犬》，但同时也包括《博斯科姆比溪谷秘案》《银色马》和《肖斯科姆别墅》。即便是福尔摩斯在大都会以外的联合王国各地进行调查的时候，他去的一般也都是首都的延伸地带，因为城外故事的引力中心毫无疑问是萨塞克斯郡、萨里郡、伯克郡和肯特郡这些伦敦周围诸郡。威尔士完全没有在故事中出现。福尔摩斯离它最近的一次就是到赫里福德郡。尽管柯南·道尔自己成长于苏格兰，但他的主人公从来没去苏格兰调查过案件，而且苏格兰人物在故事中也鲜少出现。至于爱尔兰，那是柯南·道尔祖先的家乡，但他却很排斥那里的天主教氛围，而且（在一生中大部分时候）他还对爱尔兰的民族主义表示谴责。所以毫不意外地，福尔摩斯从来没有渡过爱尔兰海，在故事里出现的少数爱尔兰角色也往往是反派——《恐怖谷》里嗜杀成性的美国黑帮"死酷党"，其形象来源于"莫利社¹"；《最后一案》里的莫里亚蒂教授，他的姓氏来源于柯南·道尔的一位爱尔兰同学²；还有《最后致意》中，福尔摩斯本人假扮了一位带有强烈反英亲德倾向、有爱尔兰血统的美国人。

于是，在国内环境下，福尔摩斯和华生的故事几乎都发生在大都会，或者说是以伦敦为首的东南部，而英格兰和联合王国的其他地方几乎无足轻重。正如这紧凑相连的地理位置暗示的那样，他们多数情况下也专注于这错综纠缠的世界：王室成员与政府官员、上层贵族与富豪财阀、金融家和食利者、外交官与军人。他们的世界蔓延到城市各处，以及华贵奢靡、遍布豪宅的伦敦周围诸郡。J. A. 霍布森在他的书《帝国主义》中描述（并谴责）了这样的世界；这部著作于 1902 年首次出版，而正是在这一年，柯南·道尔写出了《巴斯克维尔的猎犬》，同时也决定让被他抛弃的主人公起死回生。反过来说，这似乎也更有力地解释了为什么福尔摩斯虽然经常嘴上说着不同的论调，却总是需要在伦敦生活和工作。霍布森在他强烈的反帝国主义声讨中敏锐地定义了"绅士资本主义"这个概念，而这个大都会之所以如此吸引福尔摩斯这位大侦探，是因为伦敦就是这不断扩张的庞大国家主义、帝国主义的"绅士资本家"关系网的中心。了解这一点后我们便明白，福尔摩斯不再是那个只追求"有趣的问题"，不管问题是什么，从不计较委托人社会地位的人，而是那些通常属于特权阶级但偶尔不幸的人的常驻麻烦解决者；这

1　美国矿工秘密组织。"莫利"原为一寡妇的名字，19 世纪 40 年代她曾领导一些爱尔兰人反对土地所有主。

2　据说来源于柯南·道尔曾就读的斯托尼赫斯特学院，与他同在该校读书的学生中有人姓莫里亚蒂。

✳

弧形拱廊，摄政街

1886 年

伦敦立体摄影有限责任公司

些人是不列颠 19 世纪晚期的帝国强盛地位和经济霸主身份的代理人与得利者——或是受害者。而范围更大的福尔摩斯大陆客户群中的君主与亲王、教皇与首相、统治者与银行家也属于一个类似的世界，他们也因为相似的问题来寻求他的帮助。

　　夏洛克·福尔摩斯的伦敦不仅是联合王国和欧洲大陆的经济之都，同时也是跨大西洋盎格鲁美洲¹（这个概念和体系的组成部分在 19 世纪八九十年代逐渐变得更亲近，然而同时也变得更有竞争性）的经济之都。一方面，这是一个国际关系渐渐紧密、文化关联度逐渐提高的年代，两个盎格鲁 - 撒克逊国家愈来愈欣赏它们的共同之处；但与此同时，合众国也开始挑战联合王国的世界工业与经济领导者地位，并开始

1　盎格鲁美洲现多指以英语为共同体、风俗习惯传统上与北欧相同的北美洲文化实体，此处则主要指在多方面相似的英美两国。

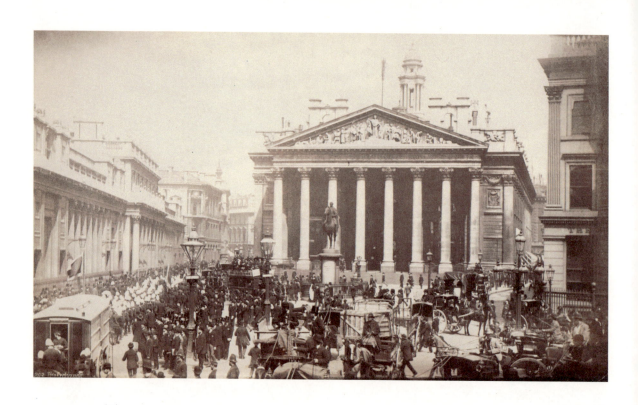

为自己的帝国与海事野心谋划。"我们必须与他们携手共进，否则就会相形见绌。"柯南·道尔在他第一次访问美国后敏锐地总结道；在享受美国的友谊的同时，他也感受到了美国对英国的敌意。在此之前，他还将他的（非福尔摩斯）著作《白衣军团》献给了"未来的希望，英语民族的团聚"。福尔摩斯与华生的故事精妙地捕捉到了这种盎格鲁美洲的矛盾心理。这位伟大侦探的姓来源于奥利弗·温德尔·福尔摩斯[1]，这位美国作家兼医生是柯南·道尔毕生崇拜的英雄人物之一；在《贵族单身汉案》中，柯南·道尔也表达了自己作为创作者的想法，他写道："见到美国人总是一件高兴的事……因为我相信，很久以前的一位君主干下的蠢事和一位首相的错误，不会阻止我们的子孙后代成为同一个世界性国家的人民，团结在一面由米字和星条组成的旗帜下。"但在其他地方，故事里表达的对于美国的看法就明显没那么正面了。《血字的研究》

I   一译奥利弗·温德尔·霍姆斯，美国医生、诗人、幽默作家，曾任哈佛大学医学院院长。

严厉地批判了摩门教徒；《五个橘核》谴责了三 K 党；《恐怖谷》里对死酷党也是类似的态度；《跳舞的人》和《三个同姓人》里的反派都是"阴险邪恶、狡诈残酷的"美国人；《雷神桥之谜》里的中心人物，美国的"黄金大王"尼尔·吉布森，也格外不讨人喜欢。

　　比起益格鲁美洲，伦敦更是大英帝国的首都，而柯南·道尔对帝国的态度也有一些模棱两可。一方面，伦敦是不列颠人在海外为帝国服完兵役之后回归的地方，华生医生本人极好地证明了这一点：他在阿富汗服兵役时受了伤，回到伦敦休养。他们之中有些人以体面的手段在帝国的海外属地积攒了不少财富，于是回到祖国，希望能过上平和富足的生活。在《巴斯克维尔的猎犬》中，查尔斯·巴斯克维尔爵士"在南非做投机生意赚了大钱"，随后回到不列颠，想要整修他在祖国西南部的庄园；在《博斯科姆比溪谷秘案》中，约翰·特纳"在澳大利亚发家致富，几年前回到了这个古老的国家"；还有在《身份案》中，玛丽·萨瑟兰小姐的内德伯父给她留下一笔收入，来源是"新西兰股票，利率是 4.5%"。另一方面，帝国的海外属地又是那些在不列颠本土犯了错误，想要去开拓区寻求赎罪机会的人会去的地方。在《魔鬼之足》中，"了不起的猎狮人和探险家"利昂·斯滕戴尔为了复仇，残忍地（虽然是情有可原地）毒死了他的敌人，于是福尔摩斯劝他"把自己埋在"中部非洲。《修道院公学》里，霍尔德内斯公爵的私生子犯下了绑架的罪行，还容忍了谋杀行为，后来被流放到"澳大利亚去自谋生路"。《三个大学生》里作弊被发现的大学生最后在殖民地开始了新的生活。"我相信，"福尔摩斯告诉他，"在罗得西亚 ¹ 有大好未来在等你。你曾经堕入低谷。让我们看看你在未来能攀登到怎样的高度。"同时，帝国的海外属地不仅是赎罪和偿还之地，更是自由与机遇之地，例如在《铜山毛榉案》中，福勒先生和鲁卡斯尔小姐能够逃离一个邪恶的家庭，都是因为福勒接受了一项"在毛里求斯岛工作的政府职务"。

Ⅰ　　津巴布韦的旧称。

　　但与此同时，"夏洛克·福尔摩斯故事的原著中一直有对大英帝国持续不断的质询"。柯南·道尔经常将其描述为一个险恶的地方，在帝国的海外属地经常有人出于绝望而做出可怕的事情，待他们回到故乡后，这些事又引来了难堪或（概率更大的是）复仇。《四签名》对罗伯特·路易斯·史蒂文森和威尔基·科林斯[1]有诸多致敬，这个故事里的两个反派在印度窃取了"阿格拉宝物"，但后来又在当地坐了牢。他们最终成功越狱，并决心一定要夺回宝物，于是到伦敦来寻求复仇和报偿的机会，陪同他们的还有一个邪恶、"野蛮"的侏儒。在《弗朗西丝·卡尔法克斯女士的失踪》里，犯罪者是"圣洁的"彼得斯，他专门对孤独、容易上当的上流社会女人下手。福尔摩斯将他形容为"在澳大利亚出现的最无耻的流氓之一"，还补充道，"对一个年轻的国家来说，那里

1　英国早期神秘小说大师，擅长写作情节惊险，充满神秘、恐怖色彩的侦破小说，代表作有
　　《白衣女人》《月亮宝石》等。其小说影响了后来的侦探小说样式。一译威尔基·柯林斯。

出了不少无可救药的败类"。我们还可以在《"格洛里亚·斯科特"号三桅帆船》《孤身骑车人》《爬行人》《博斯科姆比溪谷秘案》里找到类似的、从地球另一端或南非回来复仇的角色，但他们都及不上《斑点带子案》里脾气暴烈、"荒淫又挥霍成性的"格里姆斯比·罗伊洛茨医生。他是一个渐渐式微的贵族家庭的后代，受训成为医生，去了印度，在那里"把他的当地管家活活打死……只堪堪逃过了死刑"，坐了很长时间的牢。他还发展出了对"印度动物的强烈兴趣"，后来"阴郁而沮丧地"回到英国，随身带了一头猎豹和一只狒狒，任它们在他乡间住宅的土地上游荡；他还谋杀了他的一名继女，差点害死了第二名，手段都是对她们放出"一条沼地蝰蛇……印度最致命的毒蛇"。从这个角度来看，柯南·道尔笔下的大英帝国几乎与霍布森的相差无几了——那是一个充满了"残缺的角色"的地方，这些角色曾离开不列颠的土地，但当他们回归时，"开拓区的故事引来了报应"。

四

柯南·道尔让他的侦探和他的医生闯入的，正是这样一个不稳定的、富饶的 19 世纪晚期世界：它在乡土与都会，农村与国家，欧洲与北美，帝国与全球之间变换，但伦敦似乎永远是它的重点和中心。这样复杂广阔的背景有助于解释福尔摩斯和华生的创造者、他们的故事、他们的主要品质和对伦敦的处理中的许多矛盾与悖论；而令整个情况更复杂的是，柯南·道尔写作福尔摩斯和华生——以及伦敦——的故事的时间远远长于这两位好朋友积极办案的时间。我们必须再次强调，大多数案件的时间背景都设定在 1881 年至 1891 年间，以及 1894 年至 1903 年间。但是《血字的研究》和《四签名》，以及短篇集《冒险史》和《回忆录》（以大侦探的"死亡"告终）创作于 1887 年至 1893 年间；《巴斯克维尔的猎犬》《归来记》（又一部故事集）《恐怖谷》的出版时间在 1902 年到 1914 年之间；最后两部作品集，《最后致意》和《新探案》，分别出版于 1917 年和 1927 年，后者距离柯南·道尔去世只有 3 年。等

到作者与他笔下最著名的人物最终道别时,距离福尔摩斯退休的时间已经过去了将近 25 年,而距离他在《血字的研究》中初次登场已经有快半个世纪了。正如柯南·道尔在《新探案》里评论的一样:"他的冒险始于维多利亚时代的关键时期,经历了爱德华七世短暂的统治,并成功地维持住了自己这一份小营生,即便是在这样一段狂热的日子里。"这就意味着柯南·道尔对 19 世纪八九十年代的描述很快就不再属于那个时代,而是变得愈来愈遥远和过时;到 20 世纪 20 年代的时候,属于"光彩年华 I"的伦敦已经与 19 世纪 80 年代的那个"世界城市"有了很大

I　原文为"bright young things",通俗小报用于称呼 20 世纪 20 年代热衷于波希米亚式生活的伦敦上流社会年轻人,他们大多爱饮酒作乐,好聚会。英国讽刺小说家伊夫林·沃曾据此撰写小说《邪恶的肉体》,该小说被改编为电影《光彩年华》(*Bright Young Things*)。

的不同。

柯南·道尔于1887年至1893年间写了两部中篇小说和两部短篇小说集，它们的创作时间与小说中的时间设定最为接近，这赋予了它们一种即时性和生命力，是后来的续篇没能再次完全捕捉到的。此外，因为柯南·道尔在将近40年的时间里重复使用了本质上相同的配方56次，我们很难再次体验到最初的那些短篇小说里那种无畏的独创性和时代性。在身份和办案手段上，它们的主要特性中带着查尔斯·狄更斯、埃德加·爱伦·坡和威尔基·科林斯笔下那些早期侦探人物的影子，但柯南·道尔也从自己在爱丁堡的导师约瑟夫·贝尔身上获取了角色性格和技巧方面的灵感。在故事的组织结构上，这些短篇小说获益于柯南·道尔早期撰写逻辑清晰、井井有条的科学论文的经验，同时还受惠于爱伦·坡和（更重要的是）莫泊桑的影响（所以福尔摩斯有一位祖先是法国人也就不足为奇了）。但柯南·道尔是第一个让侦探小说成为一个具有辨识度的小说类型的作者，他创造的这种形式一开始极具创造性，不过很快就带来了令人宽心的熟悉感。在此可以借用并修改一句福尔摩斯引自莎士比亚的话：岁月无法令它们枯萎，习俗也无法令它们无尽的重复变得陈旧乏味。因此，在1870年的《福斯特教育法》实施后培养出来的新一批数量庞大的大众读者群中，它们几乎受到了一致好评；这个读者群体对新的、高流通性的维多利亚时代晚期的报纸期刊越来越喜爱，其中就包括最初刊登福尔摩斯与华生的短篇故事的《斯特兰德杂志》。而类似的跨大西洋出版业的发展（与此同时《美国著作权法》的力度也得到了加强）意味着柯南·道尔成了第一批能够利用美国期刊提供的不断扩大的出口途径的英国作者之一，尤其是利用《利平科特月刊》。

这些早期的中短篇小说在其他层面上也富有创新性和时代性，此后同样很难复制。当时的伦敦是一座——或者说是独一无二的——**现代城市**。华丽的火车站、议会大厦和皇家艾伯特音乐厅才刚刚建成不到一代人的时间。福尔摩斯所依赖的科技基础设施——包括铁路、电报和双轮出租马车（但他很少用到公共马车和地铁，或是电话和打字机）——也

都还是新近的发明。直到 19 世纪 70 年代中期，双轮出租马车的形式才算发展成熟，而从 19 世纪 30 年代到 80 年代，街道上出租马车的数量增长了 9 倍。同样，福尔摩斯也在与最先进的警方合作（或者和他们对着干）。制服警员的形象此时才刚刚得到公众的广泛认可；雇用了像格雷格森警探和莱斯特雷德警探这样好心却无聊的人物的伦敦刑事调查局，也是在 1878 年才正式建立的，比《血字的研究》出现早了不到 10 年；诺曼·肖的新苏格兰场则是在 1887 年至 1890 年间建成的，正是福尔摩斯最早的两部中篇小说出版的年份。确实，警察的合作（以及很多情况下是警察的不解）既是最新的也是不可或缺的素材，因为正如雷金纳德·希尔 [1] 所说，"没有警察机关，就没有侦探小说"。3 个早期故事——《身份案》《斑点带子案》和《铜山毛榉案》描述的都是心怀不轨的父亲（或继父）徒劳地反抗 1882 年的《已婚妇女财产法》，试图阻止他们的女儿（或继女）在结婚之后还保留自己的正当遗产的故事。这些早期创作的故事还通过对王室和帝国既有秩序的支持，表达了那些年间愈来愈保守的政治文化倾向。贝克街 221B 号的墙上有 "VR" 两个字母，正是 "Victoria Regina"（维多利亚女王）的首字母缩写，这是福尔摩斯 "怀着爱国热情" 用枪在墙上留下的装饰；墙上还挂着一幅戈登将军的画像，他于 1885 年在喀土穆被杀。

然而这些早期小说同样也是自由主义的，甚至是激进的，因为它们不仅关乎侦破罪案，也同样关乎社会公正。因此在《海军协定》里，福尔摩斯才对《福斯特教育法》带来的寄宿学校大加赞扬；该法的出台是 1868 年到 1874 年掌权的格莱斯顿第一届内阁进行的重大变革之一。福尔摩斯信誓旦旦地向华生保证，寄宿学校是 "灯塔！未来的指路明灯！"，将会帮助建立一个 "更好更睿智的英格兰"。他强烈呼吁为社会下层人民增加机会，还支持跨种族婚姻（在《黄面人》中），并对上

1　英国犯罪小说家，曾获英国犯罪作家协会的钻石匕首终身成就奖，代表作有《骸骨与沉默》《比乌拉高地》。

※
哈克尼区凯瑟琳街（现为克兰伍德街）的寄宿学校 1887 年

层阶级的不端行为进行了持续的批判。以性丑闻为核心的《波希米亚丑闻》和关于严重私人债务问题的《绿玉皇冠案》讲述的都是王室的恶行和过失，它们实际上是在以稍加掩饰的方式批评威尔士亲王及其长子埃迪王子的不端行为（特兰比农庄事件发生于1890年，克利夫兰街丑闻则发生于1889年）。《红发会》中反派约翰·克莱被形容为一个"杀人犯、小偷、破坏者和伪造家"，而他就是王室公爵的后裔。虽然柯南·道尔经常以遮遮掩掩又带着奉承的口吻描写贵族和地主，说他们拥有最有名望的姓氏和最高贵的血统，但在这些早期故事里，他对他们的态度可称不上有多好。乔治·伯恩韦尔爵士是一个仿佛从情景剧里走出来的邪恶男爵，而势利的罗伯特·圣西蒙勋爵——穷困潦倒的巴尔莫拉尔公爵之子（又一对王室的讽刺？）为了恢复祖产，不择手段地想要与一位有钱的美国女继承人结婚。在这些早期故事里，柯南·道尔还经常表现官方的无能。在他最初的描述中，格雷格森警探和莱斯特雷德警探既傲慢又没本事，而且有好几次，多亏了福尔摩斯过人的智力和不好大喜功的慷慨品性，他们才不至于名声扫地。

1893年后，柯南·道尔有8年时间没有写过福尔摩斯的故事，但在1902年，他在《巴斯克维尔的猎犬》里把福尔摩斯带了回来，不过这篇故事的设定其实是一次发生在10多年前的被略过的冒险，发生在福尔摩斯的"死亡"之前；随后他又在《空屋》中揭示福尔摩斯从与莫里亚蒂的对决中存活了下来，确凿无疑地复活了大侦探。这个故事首次发表于1903年下半年，并开启了第二段持续到1914年的创作时期。《最后致意》里的所有作品（最后一篇除外），都是在第一次世界大战开始之前完成的。但《空屋》的发生时间设定在1894年，这就意味着故事里的时间和创作时间的差距越来越大，而且在未来还会继续拉大，因为柯南·道尔决定让福尔摩斯于1903年下半年退休，这正是他在现实中复活福尔摩斯的时间（一年前故事中的福尔摩斯拒绝了一次爵位授予，而现实中的柯南·道尔则接受了封爵）。然而，虽然福尔摩斯一直是一个生活在维多利亚时代晚期伦敦的维多利亚时代晚期人物，但柯南·道尔描写他的角度却越来越有爱德华时代的特色和成见。在《格兰奇庄园》和《魔鬼之足》中，他表达了离婚制度改革的必要性和对此的时代性忧虑。虽然故事的时间设定在19世纪90年代，但《第二块血迹》和《布鲁斯 - 帕廷顿计划》都反映了20世纪早期国际关系的紧张——"整个欧洲"都是"一座武装营地"。同样，《六座拿破仑半身像》《金边夹鼻眼镜》《威斯特里亚寓所》和《红圈会》探讨了对于境外虚无主义者、无政府主义者和革命分子的恐惧，而这些都是爱德华时代的问题，不是维多利亚时代晚期的问题（约瑟夫·康拉德于1907年出版了《间谍》，其中讨论了上述所有问题）。在背景时间为1897年的《魔鬼之足》中，福尔摩斯一度处于精神崩溃的边缘，不得不到西部休养；但他恶化的健康状况可能也是对1910年至1914年间笼罩英国统治阶级的越来越强烈的危机感的一种反映。

与此同时，爱德华时代的大都会经历了一段史无前例的扩张和转变时期，突然变成了一个与19世纪八九十年代的伦敦截然不同的地方。与"帝国伦敦"联系在一起的大多数新街道和新建筑都是在福尔摩斯退休到萨塞克斯丘陵后，第一次世界大战爆发前的10年间建造起来的。在穿过城市中心的众多新街道中，米尔班克大道使泰晤士河河堤从东边的威斯敏斯特宫附近延伸开去；在布卢姆斯伯里南边，京士威街和奥德维奇街从贫民窟和肮脏的住宅区中挤过；林荫路连接着新建成的纪念建筑群，包括海军拱门、维多利亚女王纪念碑和重新设计的白金汉宫临街广场。宏伟的康庄大道意味着伦敦现在可以像维也纳和巴黎，像柏林和圣彼得堡一样，成为王室和国家盛景的展台。城市中心区域的其他地方还新建了许多"强盛的爱德华时代的巴洛克"风格建筑，包括怀特霍尔的英国陆军部和财政部；中央刑事法院和伦敦港务局总部；奢华的百货商店，例如哈罗兹、塞尔福里奇和博柏利；富丽堂皇的酒店，包括里茨饭店、皮卡迪利酒店和沃尔多夫酒店；伦敦大剧院和沙夫茨伯里大街的众多剧院；卫斯理宗中央礼堂和皇家汽车俱乐部；用来安放伦敦郡议会的郡政厅也于泰晤士河南岸开工了。正如G. M. 扬准确记录的一样，在维多利亚女王去世、福尔摩斯退休之后的几年里，这些改变让大都会的面貌发生了根本性的变化。没错，这些变化如此之大，如果福尔摩斯和华生在《最后致意》中最后一次会面之后，于1914年从哈里奇再启程去伦敦，他们会发现离开10年后，这里的很多地方都已经变得面目全非了。

在他们刚刚抵达伦敦郊外的时候，福尔摩斯和华生就会注意到许多令人困惑的改变。他们会穿过外围那一圈雨后春笋般出现的新郊区，包括阿克顿、巴恩斯、青福德、戈尔德斯格林、默顿和莫登。如果他们去贝克街的故居怀旧，他们会看见玛丽勒本和大理石拱门周边区域布满了大片大片的现代公寓大楼，带来了一种与哈德森太太在221B号提供的截然不同的大都会生活新方式。如果他们拜访苏格兰场，他们会发现刑侦方法出现了重大革新，包括指纹和摄影技术的运用。他们还会注意到，伦敦的交通方式也彻底改变了，这种变化一部分归因于电车的出现和地铁向城市周边新区的延伸，更重要的原因则是伦敦街道上马匹的消失。在1903年，公共马车有3623辆，而公共汽车只有13辆，但到了1913年，公共马车只剩下142辆，公共汽车却增加到了3522辆。在出租车行业，1903年伦敦有超过11 000辆双轮出租马车和普通出租马车，机动出租车却只有区区1辆；但是在1913年，机动出租车的数量超过了8000，马拉出租车的数量却只剩不到2000。这一切都使爱德华时代的伦敦与维多利亚时代晚期的那个大都会大相径庭。它变得更宏伟，更庞大，科技也更发达。确实，有人提出过，福尔摩斯根本无法在这样一个发生了巨大变化的城市里活动——煤气灯和双轮出租马车都被电灯和机动车取代了，所以柯南·道尔才让他的侦探于1903年退休，并继续将他笔下故事的时间设定在19世纪八九十年代和世纪交替之际。而福尔摩斯的创造者也越来越感到，伦敦在爱德华时代的改变已经超出了他的承受范围。在1913年发表的一篇科幻故事《有毒地带》中，他让地球穿过致命气体构成的云层，差点消灭了这个"可怕、寂静的城市"中的全部人口。

对于柯南·道尔和他那一代的人来说，19世纪晚期不列颠的很大一部分都被第一次世界大战摧毁了。战争让他失去了一个儿子和一位兄弟，他本人在私下受到唯灵论吸引多年之后，终于公开接受了它。此后他的大部分时间和精力都花在了宣传这个主张上，这同时也让他饱受公众的奚落。他后来的大部分作品都是在为自己超自然的观念辩解，只有很少的一部分是福尔摩斯和华生的故事，这部分作品收录于《新探案》中，并为他们的故事画上了句号。然而，虽然作者本人的轻信令他的信仰发生了改变，但故事里的大侦探却始终相信，我们生活的这个世界就是唯一的世界，只有理性与怀疑主义才是人类行为的可靠向导；在最终的告别之作里，福尔摩斯谴责了人类对于人为延长寿命的渴望，并反对自杀的行为。这些晚期故事的特征还包括对身体残缺的具象描述，对与性有关的问题的讨论也较之前更加直率，包括《显贵的主顾》中格鲁纳男爵的"欲望日记"，以及《三个同姓人》中福尔摩斯对华生的"忠诚与爱"的表示。最后的这些故事在篇幅上也比早期作品要短，经常是"朝人类的不幸与畸形投去匆匆一瞥"；令其基调更加黯然的是，它们承认福尔摩斯已经不再是曾经的那个"超人"，而且凭借一人之力维持世界秩序、保护国家安全已经变得不再可能，无论他有多么了不起。因此，在最后的这些故事中，总是弥漫着一股无奈和忧郁的气氛。"所有生命都是可怜而徒劳的，"福尔摩斯在《退休的颜料商》开头问华生，"难道不是吗？"这是与19世纪八九十年代王尔德式的慵懒倦怠截然不同的一种清醒，是在面对一个阴郁盖过了勇气的战后世界时的一种茫然无措。当福尔摩斯担心"我们可怜的世界"正面临变成"一个污水坑"的危险时，他也许是重复了《血字的研究》中华生对伦敦的描述，但这一次，他并没有给出一条通往救赎的出路。

在意识到夏洛克·福尔摩斯的19世纪八九十年代的世界城市已经变得面目全非后，这种无奈的迷失感也许变得更强了——1911年到1931年间，伦敦中心的大片区域都发生了翻天覆地的变化，大伦敦地区的人口又增加了100万。皮卡迪利大街和公园巷的许多旧贵族宅邸都被拆除

从东边看澳大利亚高级专员公署
和奥德维奇街

约 1930 年

乔治·戴维森·里德

了，让位给公寓、办公楼和商店。约翰·纳什的摄政街也被拆毁，按照雷金纳德·布卢姆菲尔德的设计重建。管理大英帝国在加拿大、澳大利亚、新西兰、南非和印度的土地的新伦敦总部建了起来，郡政厅也在拖延了许久之后建成了。布什大厦于 1925 年动工，广播大楼则于 3 年后开始建造——这栋新的建筑是为无线电和后来的电视等新媒体建造的，它们将给实际的侦查工作和对这种工作的描写带来巨大的变革。出租马车已经完全从伦敦的街道上消失，取而代之的是出租汽车，同时地铁的发展也扩大了市郊的范围，带来了"伦敦郊区"这一新概念，它包括伊灵、文布利、亨登、芬奇利、珀利、寇斯顿和达格纳姆；而崭新的西大道的建成不仅使赫斯顿和豪恩斯洛同样得以扩张，还催生了布伦特福德的"黄金地带"——从 1925 年起,这里建成了一系列标志性的装饰派艺术工厂。哈罗德·克朗恩在一部与《新探案》同年发表的著作中对这些变化进行了描写,并总结道,伦敦仍然是"世界上最大的城市和最伟大的帝国的首都";然而他也不得不承认,从数字上来看,纽约可能很快就会后来居上了。但在那个时候,伦敦其实已经被超越了,这就意味着 20 世纪 20 年代的伦敦不再是维多利亚时代晚期那个无可争议的、全

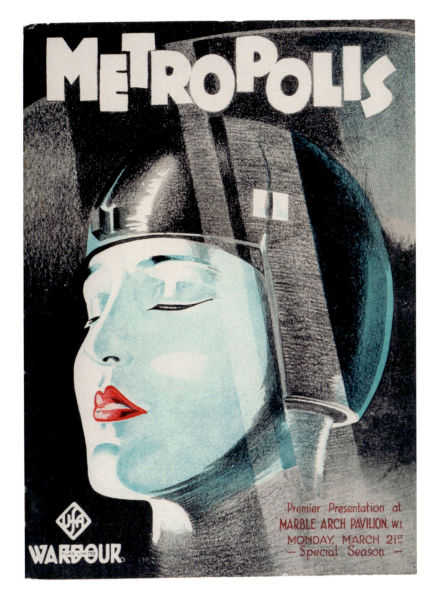

电影《大都会》在展览馆影院举行
英国首映会的节目单封面
大理石拱门
1927 年

盛期的世界城市，也不再是未来——不管是光明的还是黑暗的未来——提前上演的地方。

早在 1914 年，当柯南·道尔再次拜访美国的时候，他就已经惊叹于曼哈顿的巨大变化，那里已不再是他 20 年前第一次到访时的样子。登上 59 层高的伍尔沃斯大厦顶层后，他评论道："就好像是有人拿洒水器在城市上方浇了一圈水，这些摩天大楼就一夜间凭空长了出来似的……纽约是一个绝妙的城市，美国也是一个前程远大的绝妙的国家。"1927 年，埃里克·波默和弗里茨·朗在他们史诗般的科幻电影《大都会》中更浓墨重彩地表达了这一点：电影里的故事发生在 100 年后的某个高楼林立的巨大城市中，但实际上这座城市是以那个年代的曼哈顿为蓝本的；曼哈顿在 20 世纪 20 年代蓬勃发展，层层拔高，展现出一种

纽约天际线
右侧为帝国大厦
约 1930 年

全新的"爵士年代"的新世界城市的面貌。即使是在发生于柯南·道尔去世1年前的华尔街大崩溃过后，纽约仍然在不断崛起，直指星空：克赖斯勒大厦和当时世界最高的摩天大楼帝国大厦在此建成，慈善活动与装饰派艺术设计的伟大丰碑——洛克菲勒中心也落成了。1938年，杰里·西格尔和乔·舒斯特创造了他们自己的漫画版尼采的"超人"，"超人"在一座叫"大都会"的城市里活动，这很大程度上是受了朗和波默的电影的启发；第二年，鲍勃·凯恩和比尔·芬格作为回应创造了"蝙蝠侠"，"蝙蝠侠"的故事背景是一个叫"哥谭市"的虚拟城市，而这又是一个稍加掩饰的纽约，虽然可能更像是夜间的而不是白天的纽约。"超人"和"蝙蝠侠"将会变成20世纪标志性的"十字军战士"和"游侠骑士"。比起猎鹿帽和双轮出租马车，他们更喜欢紧身衣和现代小工具，把他们的形象放在曼哈顿，其可信度要远远高于放在玛丽勒本，而"蝙蝠侠"甚至将最初授予柯南·道尔笔下人物的荣誉据为己有：因为正如纽约取代伦敦成了最伟大的世界城市一样，"蝙蝠侠"同样也取代夏洛克·福尔摩斯，成了"世界第一的侦探"。

五

然而果真如此吗？经过深思熟虑后可以发现，这个问题的答案毫无疑问是否定的。时至今日，"蝙蝠侠"也依然没有做到这一点，"超人"也不例外。在一段时间内，漫画书和大片将"哥谭市"和"大都会"栩栩如生地呈现在人们眼前，一定程度上赋予了这些高科技"十字军"一种令人目眩的全球性的魅力，然而面对夏洛克·福尔摩斯经久不衰的非凡吸引力和在多种媒体形式上的永恒生命力，他们依然无法望其项背。在过去的100年间，福尔摩斯的故事被翻译成了世界上几乎所有的主要语言，其英语版本也从来没有绝版过。在柯南·道尔生活的时期，一些故事就已经被从纸面上搬到了舞台上，从1899年美国演员威廉·吉列特将福尔摩斯故事改编为舞台剧时便开始了。吉列特还在大西洋两岸扮演了大侦探很多年。第一部福尔摩斯默片早在1900年就出现了，名

杰里米·布雷特在 1984 年至 1994
年的格拉纳达电视台系列电视剧中
扮演夏洛克·福尔摩斯

为《福尔摩斯的困惑》，而 1921 年至 1923 年间，斯托尔电影公司出品了 45 部短片和两部长片。第一部以夏洛克·福尔摩斯为主角的有声电影于 1929 年上映，之后在 1939 年至 1946 年间，巴兹尔·拉思伯恩和奈杰尔·布鲁斯拍摄了 14 部福尔摩斯和华生的美国有声电影。随后，福尔摩斯又登上了无线电台，相关作品包括 1989 年至 1998 年播出的所有福尔摩斯故事的全套改编广播剧；电视剧版本的福尔摩斯故事也层出不穷，其中包括 1964 年到 1968 年间相继由道格拉斯·威尔默和彼得·库

1939 年至 1946 年间，巴兹尔·拉思伯恩在 14 部故事片中扮演夏洛克·福尔摩斯

欣主演的版本，以及 1984 年至 1994 年间杰里米·布雷特主演的版本。许多"新的"福尔摩斯故事被书写，制成广播节目，拍成电影，伦敦、爱丁堡和莫斯科都建有福尔摩斯纪念雕像。1934 年，夏洛克·福尔摩斯协会在伦敦成立，贝克街侦探小队则在纽约成立，许许多多的世界性组织在这两个先行者之后成立，其影响力甚至延伸到澳大利亚、印度和日本，并反过来催生了一种古怪的、令人痴迷的"伪学"——"福尔摩斯学"。这一切意味着，用 P. D. 詹姆斯的话来说，柯南·道尔笔下的人物仍然是"无可匹敌的伟大侦探"；福尔摩斯成了英语国家中最广为人知的虚构形象和被演绎次数最多的电影角色——超过 70 名演员在 200 多部影片中扮演过他。

　　上述一切意味着夏洛克·福尔摩斯早已脱离了他最初被创造出来的那个年代，拥有了自己的生命（更准确地说是拥有了许多次生命），远远地摆脱了他最早出现的那个 19 世纪晚期伦敦的桎梏。的确，早在 20 世纪 20 年代，柯南·道尔还在世，正创作新故事的时候，这个进程就已经开始了，因为当时人们已经开始用一种怀念的目光审视福尔摩斯和华生，以及他们生活的那个维多利亚时代晚期的城市，带着一种对早年看似更美好的世界的渴望。在那个年代的末尾，T. S. 艾略特评论道，"在夏洛克·福尔摩斯的故事中，19 世纪晚期永远是浪漫的，永远是怀旧的"，还有城市本身"宜人的外观"也是那种怀旧和浪漫中不可或缺的一部分。对艾略特和两次世界大战间成长起来的，数量越来越庞大的一代人来说，柯南·道尔的故事已经成了一个桃源乡，让他们可以逃避道路潮湿（雾气也依然浓厚）的当代伦敦，以及这座暗淡的城市所展现的现代性的"荒原"。艾略特还进一步预测道，在未来那些对 19 世纪没有任何直观记忆的福尔摩斯和华生爱好者中，这种怀旧感和浪漫感会变得更加强烈。果不其然，后世人完全证实了他的预测。世界各地的无数读者、听众和观众持续被他们想象中 1895 年的伦敦吸引：到处是不祥的浓雾，福尔摩斯神气地戴着猎鹿帽，叼着葫芦斗，身披圆领斗篷，穿行于迷雾中。不过需要强调的是，在 19 世纪八九十年代，伦敦的雾霾问题其实比柯南·道尔笔下描写的更加严重，直到 1956 年的《清洁空气法》通过之后，这种威胁人类生命健康的环境污染才能变成一种怀旧的对象；而福尔摩斯戴帽子、叼葫芦斗、披斗篷的形象其实不常出现在原著中，这一形象主要来源于悉尼·佩吉特的插画和巴兹尔·拉思伯恩主演的电影（杰里米·布雷特主演的电视剧则更追求忠实于原著，所以这些元素出现得就没有那么频繁了）。

然而，这样一种朦胧、浪漫、被煤气灯照亮的怀旧情怀却很容易让人忽略 19 世纪晚期伦敦的"不宜人外观"的很多方面——污秽和恶臭，噪音与拥塞，肮脏与贫穷。它没能体现柯南·道尔对这座世界城市的认识中的局限、不足和偏见，也没有体现他创造笔下这个城市的灵感来源不仅是伦敦，爱丁堡对他的启发至少与这个大都会一样大。它没能展现对夏洛克·福尔摩斯与他的创造者那种只局限在特定时期内的特殊性和独一无二性的欣赏；他们矛盾的性格强烈地反映了 19 世纪八九十年代的特质——那是焦虑与希望、贫穷与发展、颓废与勇气如此挑战性地融合在一起的 20 年。它也没有体现，从作者的晚年开始，这些本来包含创新性和时代性的作品就已经开始变得愈来愈刻板和过时，之后更是越发与它们的历史时期和发源地脱节。理解上述方面之后可以看出，柯南·道尔去世后福尔摩斯的生涯本身就是一个值得认真研究的经典案例，它证明一个原创的文学类型可以成功超越其最初被创作出来的时期，并长盛不衰，就像吉尔伯特和沙利文的轻歌剧、P. G. 沃德豪斯的"万能管家"系列故事一样。但是，福尔摩斯在属于他的城市、他的时间中过着自己的生活时，更加使人着迷，因为他展现并连接着 19 世纪晚期伦敦的两种差异巨大的特质，在这里，都市绝望感的肮脏事实与大都会救赎的浪漫可能比肩共存。下面的数篇文章将会（恰如其分地）以一种侦查与探索的手法，为这座伟大的城市和这个伟大的侦探注入生命。不再有浓雾弥漫、油灯闪烁的怀旧情绪的"宜人外观"，不再有福尔摩斯几乎从没戴过的猎鹿帽和他从没抽过的葫芦斗，有的是对历史的探究、丰富的证据，以及精心的重构。它们将呈现给我们的，是对 19 世纪晚期的伦敦和维多利亚时代晚期的夏洛克·福尔摩斯前所未有的正视和理解。我们看到的将不再是一件身份有误案。在接下来的篇章中，游戏才真正开始。

夏洛克·福尔摩斯的"波希米亚习惯"

约翰·斯托克斯 著

说到"波希米亚",福尔摩斯迷们总是会不可避免地联想到《波希米亚丑闻》这一则故事。它于1891年7月发表在《斯特兰德杂志》上,但故事的背景却是1888年。在这个经久不衰的故事里,美丽的女冒险家和歌剧演员艾琳·阿德勒意图要挟波希米亚的世袭国王,破坏他与斯堪的纳维亚王室联姻的计划。国王乔装打扮来到贝克街,告诉福尔摩斯,阿德勒手里有他俩在往日情事中拍下的不太体面的照片。在这次事件中,艾琳最后并没有将威胁付诸实践——不是因为福尔摩斯夺回了关键证物(他没能找回证物),而是出于这位歌唱家的荣誉感,以及她对福尔摩斯本人充满戏剧化的行事方式的职业性赞赏。由此看来,似乎标题中的"波希米亚"所指的一定是19世纪隶属于奥匈帝国,1918年后则属于捷克斯洛伐克的那片欧洲领土[1]——除非我们考虑另一种可能性:真正的丑闻指的并不是一起被堪堪避过的国际闹剧,而是福尔摩斯这样一位不近女色的男性推理大师,竟然败在了一位美丽迷人的女演员手下,而且这还是唯一(但毫无疑问地)吸引他的一位女性。耐人寻味的是,柯南·道尔也确实暗示了这另一种可能性,虽然只是一笔带过:他在故事的开头就提到,福尔摩斯喜欢离群索居,大多数时候对女人有成见,而且通常"从他的波希米亚灵魂深处厌恶任何形式的社交"(《波希米亚丑闻》)。这是"波希米亚"这个词的另一种用法,指代的是某种离经叛

---

[1] 波希米亚为欧洲中部历史地区,曾是神圣罗马帝国的王国,继为哈布斯堡奥地利帝国的省份,1918年至1939年及1945年至1992年是捷克斯洛伐克的一部分,自1993年起构成捷克共和国的大部分领土。

阿尔汉布拉-莱斯特广场

约1890年

欧内斯特·达德利·希思

斯特兰德大街
约 1890 年
伦敦立体摄影有限责任公司

道的个性，而不是一个民族。但是，这两种身份认同之间存在着一种联系，这既因为它们似乎相差甚远（一种是地理身份，另一种则是社会学身份），也因为两者对福尔摩斯的千千万万读者都具有极大的吸引力。

从历史角度来看，叫波希米亚的地方有时候似乎像波希米亚人一样多得数不清。这是因为波希米亚首先是一种生活方式，一种心理状态，甚至是一天中的某一时刻，其次才会与一个具体的地方联系起来。一本于 1892 年出版的短篇小说集《波希米亚逸闻》的前言中写道，这个童话般的自由国度"是任意之地，是遍历之所，又是乌有之乡。它存在于它的居民心中，在热爱它的人的生活中"。话虽如此，但作为地理标签的"波希米亚"通常会与一些提供独特选择、滋养放纵习性的具体地点联系在一起。最早也最知名的被冠以波希米亚之称的地点是塞纳河左岸和巴黎的蒙马特，后来加入的是几个城市区域：慕尼黑的施瓦宾区、纽

约的格林威治村，以及旧金山的海特 - 阿什伯里区。在 19 世纪晚期至
20 世纪早期，"波希米亚"也曾被用来模糊地指代伦敦的某几个区域。

这些区域以斯特兰德大街为中心四下延伸——南至泰晤士河河堤；
北通科芬园，直抵索霍；东至舰队街街尾；向西则社会地位大大提高，
囊括海马基特剧院、圣詹姆斯公园、皮卡迪利大街和"俱乐部区"。"波
希米亚区"有许多剧院，包括兰心剧院、欢乐剧院、阿德尔菲剧院、奥
林匹克剧院和斯特兰德剧院，此外还有许多报纸期刊的办公楼。这其中
还夹杂着一些娱乐场所，以供从事我们今天所谓的"文化产业"的专业

人士进行"波希米亚式"消遣。

不过斯特兰德大街作为主干道的地位依然无可动摇——福尔摩斯和华生也对这一点了然于心。《四签名》中，当他俩从贝克街出发前去兰心剧院时，他们经过了一条熙熙攘攘的必经之道：

斯特兰德大街上，路灯只剩下朦胧的模糊光点，在泥泞的人行道上投下暗淡的圆形微光。商店橱窗里的黄色灯光穿过迷茫的雾气，在车水马龙的道路上映出朦胧闪烁的辉光。在我心中，这些无穷无尽的脸庞从窄窄的光带下掠过的样子，似乎带着一些怪诞的、鬼魅般的氛围——这些脸庞有的悲伤，有的快乐，有的憔悴，有的幸福。它们从黑暗中来到光明处，又从光明处返回黑暗中，正如所有人一样……只有福尔摩斯不会受这些不足挂齿的小事影响。他将笔记本打开放在膝盖上，借着电筒的光亮，时不时写下一些数字和笔记。

《四签名》

虽然福尔摩斯似乎对周围的环境浑然不觉，但他的同伴却窥到了一个奇异而危险的世界；即便他们已经经过斯特兰德大街千百次了，但这里显然还是让华生感到不自在。而华生的反应也许是情有可原的，尤其是在夜晚的这个时刻。毕竟，一位多产但现在已经被人遗忘的记者、剧作家和诗人——也是一位自称的波希米亚人——夏福拓·贾斯廷·阿代尔·菲茨杰拉德在 1890 年曾写过：

在这世上，没有哪条街道像斯特兰德大街这般，每天有如此多的天才和庸才摩肩接踵，擦身而过。没有哪条街道培育过如此多的灿烂希望和远大志向；没有哪条街道像热闹、无常、典雅的斯特兰德大街这样，让走投无路的绝望都只能轻声蹑脚，试图躲藏。

当然，没有哪座城市里能有什么东西是永存的，在伦敦更是如此；对旧建筑的大规模拆除行动持续不断，随之而来的还有对建筑的"改善"。这在斯特兰德大街的东首尤为明显：从 19 世纪 30 年代起，就不断有人提议要拆除臭名昭著的霍利韦尔街区。这些提议最终促成了京士威街和 1905 年开放的奥德维奇建筑群的建设。插画家哈里·弗尼斯在他的回忆录《我的波希米亚时光》中记录了他记忆中 19 世纪 70 年代这个地方的样子：

书商行，霍利韦尔大街，
西望与东望图
约 1895 年
欧内斯特·达德利·希思

在我初来乍到的时候，伦敦的波希米亚区破烂不堪又独特迷人，历史悠久又别有趣味；它由著名的老街、狭窄的通道、"客栈"、广场酒馆和书店混杂而成。在这个令人着迷的街区，恶行与美德，智慧与愚昧，贫穷与富裕交织在一起。

在阿尔塞希亚，居住着一些古怪又聪敏的"人物"。他们即使不能启发艺术家的灵感，至少也可以称得上是富有艺术气息。人行道散发着半开化者的烟斗里冒出来的刺鼻烟草味儿，还混着猪肉和牛排里的洋葱味儿——这些饭菜被从小餐馆里源源不断地送到富有的银行家的办公室，或是事业有成的商人的公司里。

斯特兰德大街和查令十字街
约 1895 年
伦敦立体摄影有限责任公司

  霍利韦尔大街周边的地区不仅仅是二手书刊（很多时候也是色情书刊）交易的中心。正如文化历史学家琳达·尼得所描述的："圣克莱门特丹麦人教堂和斯特兰德圣母教堂中间的区域是一段尤为拥堵的交通瓶颈地带。在此处，斯特兰德大街变窄了，导致车流只能从旁边狭窄的旧道通过，驶向北方。"这个现象造成的结果，就是弗尼斯描述中那个病态但（对于好奇的人来说）令人着迷的迷宫。

  19 世纪晚期在伦敦流传的波希米亚的概念——在某种程度上也是实体——部分发源于更早的传说。波希米亚的英国血统可以上溯到 18 世纪的格拉布街[1]，不过以嗜好牡蛎、酒精和台球的年轻人为代表的伦敦波希米亚式虚构形象，据说第一次出现是在萨克雷 1862 年完成的小说《菲利普历险记》中。其他的传说则来自稍远的地方。巴黎提供了有关生活方式的传说，借由亨利·米尔热的小说《波希米亚人的生涯》而广为人知。这部广受欢迎的小说又为乔治·杜莫里埃的《软毡帽》提供了

---

1 曾是伦敦的一条街道，是独立作家、新闻记者和出版商的聚居地。

灵感，并最终催生了普契尼 1898 年的歌剧《波希米亚人》。根据 1888 年出版的一个英译本来看，米尔热的原始介绍相当模糊。一方面，波希米亚人"存在于各种各样的地区和年代，拥有声名显赫的血统"；另一方面，他又说"波希米亚只存在于，也只可能存在于巴黎"。柯南·道尔在让华生"翻阅亨利·米尔热的《波希米亚人的生涯》"（《血字的研究》）的时候，把这种不确定的描述转化成了一个笑话。英国人对于法国先例的态度总是复杂而矛盾的。爱尔兰作家与政治家贾斯廷·麦卡锡坚称，"伦敦的波希米亚人比他的法国同僚更喧闹、更大摇大摆地在文学中横冲直撞"，而批评家乔治·圣茨伯里则开始攻击庸俗化、英国化的"波希米亚"版本：

有时候，似乎人们都不约而同地认为任何跟文学艺术扯上一点儿关系的人都是波希米亚人……更多时候，人们认为波希米亚主义或多或少意味着无知粗俗的放纵、挥霍和炫耀。确实，从某些作者笔下的描写来看，波希米亚男人的特性就体现在别人抽方头雪茄时，他喝干红葡萄酒上；波希米亚女人的特性则体现在她身着蓝色缎子，戴着钻石，而淑女们只穿普通衣物便感到心满意足上。

在每一个文化阶段和历史时期内，都存在着"波希米亚人"，他们是受人尊敬的社会群体的全职成员；另一方面，又有"波希米亚主义"这个几乎所有人在有需要、有机会时都可以利用的通用概念。娱乐性的波希米亚主义在大多数职业和阶层中兴盛起来，显现着它（通常自相矛盾的）传统的起源。例证可能包括威尔士亲王（后来的爱德华七世），或与福尔摩斯有更直接的关联的亨利·欧文（柯南·道尔在爱丁堡居住时最喜爱的演员），甚至柯南·道尔本人——他们都是曝光度高、社会地位高的男人，并且众人皆知他们拥有波希米亚的一面。同时代的人对于1899年卡尔顿酒店晚宴的描述显然包括"从圣詹姆斯宫中到优雅的波希米亚人的乐土上所有的阶层，鱼龙混杂，锦衣华服"。这似乎比较接近圣茨伯里印象中令他咋舌的富足又粗俗的英国版本的波希米亚。

显然，无论是虚构的角色还是现实中的人物，这些在他们公开的生活里远远称不上闲逸的人，却经常有着同样的波希米亚式偏爱和嗜好。有人甚至会伪装成波希米亚人。阿瑟·兰塞姆在1907年首次面世的《波希米亚在伦敦》中提到一个男人，他白天在银行上班，晚上却戴上假胡子，把自己从一个无名的柜员变成了一个小集团的预备成员。兼职或周末波希米亚人总是被那些声称自己才是正统的波希米亚人看不起，但他们依然是城市生活中长期存在的一部分。这更进一步解释了为什么波希米亚人可以同时存在于传说中和现实里；完整的波希米亚人格是个传说，而一系列的行为倾向则是现实。同样，这可能也可以解释为什么福尔摩斯和华生会有偶发的"波希米亚"倾向：决定两人行为的作者希望读者们能体察到某种他们已经熟悉的气质，无论这种熟悉感是来自生活中还是来自其他的文学作品（包括多如牛毛的标题里带"波希米亚"的流行小说）；同时，他也想保留创造自己独具一格的角色的自由。

模范的波希米亚生活仍然是艺术家的生活。这几乎可以涵盖任何不求简单的盈利，而是拥有比单纯的生产更远大的目标的职业。单就形式而言，福尔摩斯的职业完全符合以上定义，"他从事这份工作不是为了酬金，而是出于对他那门技艺的爱好"（《斑点带子案》）。"'一个为了艺术而爱好艺术的人，'福尔摩斯引用唯美主义的第一准则评论道，'常常是从它最不起眼、最平凡的形式中得到乐趣的'"（《铜山毛榉案》）。波希米亚主义不像个人主义那样热衷于一致性，而是更偏向于独辟蹊径。作为一个热衷于视觉表演的音乐家，福尔摩斯以一种仿佛传教士一般的热忱追求着他的个人道德目标。

事实上，在可以用波希米亚来形容的 19 世纪人物之中，最著名的是一位女性，虽然从表面上看她与当时的伦敦并无关系。《波希米亚姑娘》是一部极为流行的歌剧，讲述的是一群吉卜赛人、一位奥地利伯爵的孤女和一名贵族出身的波兰士兵的故事。它在 1843 年于伦敦首演，并在巡演中经久不衰，还被改编成了著名的滑稽剧。虽然大众观念中的波希米亚文化一般都极度男性化——例如存在只有男人准入的俱乐部和以接待男客为主的酒吧，但女人们毫无疑问也会进行波希米亚活动，而且不仅是为了满足男人的性需求。对于现代的历史学家来说，正如杰基·布拉顿就一段略早的历史时期展开讨论时所说的那样，问题在于"作家们自己描写的英国的波希米亚生活，是这些男性气概、性别和家庭生活的矛盾所在，因此它需要以同性社交的形式进行"。无论女性对各种形式的文化活动的贡献有多么重大，同时代的描述和男性的回忆性自传中一般都不会出现她们的身影。到 19 世纪八九十年代的时候，虽然娱乐与通信产业的男性"外表"依然牢不可破，如无数的回忆录试图

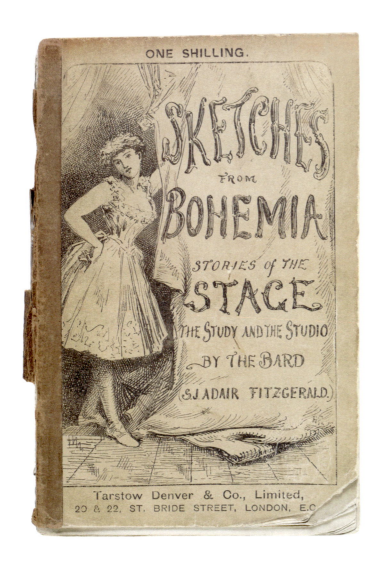

S. J. 阿代尔·菲茨杰拉德的
《波希米亚写生》封面
1890 年

证明的那样，但它们已经更明显地表现出被大肆炫耀自己性独立的"波希米亚"女性渗透的迹象，这种性独立甚至是相对于态度更坚决的同性而言的。在"P. M. 麦金尼斯"（记者罗伯特·布拉奇福德的笔名）创作的《一位波希米亚女孩》中，歌唱家"黛西·斯潘克"对进步的"新女性"表示反对。她认为她们是"殉道者"，并且强调自己喜欢男人。"麦金尼斯"还虚构了一部音乐剧，名字不叫别的，就叫《波希米亚男孩》。不过我们大概应该提醒自己，"黛西"是一个由男性作者创造出来的虚构角色。

伦敦迷雾中一位即将遇袭的绅士
约 1905 年

漫 游

波希米亚人是旅者，他们的这一称呼来源于吉卜赛人的发源地（或至少法国人普遍认同的吉卜赛人发源地）。柯南·道尔在晚年回顾青春岁月时承认，"我的漫游令我变得过于波希米亚，在礼仪方面就有些漫不经心"，以及"一名单身汉，尤其是像我这样喜欢四处漫游的人，很容易形成波希米亚的习惯"。这里指的是他 1880 年参与的一次捕鲸之旅——一次典型的大胆且反传统的冒险。记者与剧院经理菲茨罗伊·加德纳少校的两本回忆录标题为《一位老波希米亚人的生活与习惯》和《一位老波希米亚人的更多回忆》，他自己认为有必要给出如下解释：

我另一本书标题中的"波希米亚"可能会给人一种印象，就是我的回忆只与大众认知中的波希米亚有关，然而实际上，这个词在这里采用的是更广泛的含义，形容的是一个过着四处漫游的生活，因此经历了诸多不同事情的人。

古斯塔夫·路德维格·斯特劳斯也给出过几乎一模一样的定义。他

是野人俱乐部的创始人之一。这个俱乐部挑选会员的标准十分严格，其成员都以他们的波希米亚身份为傲。斯特劳斯在名为《一位老波希米亚人的回忆》和《老波希米亚人的故事》的自传中也强调了自己早年在德国、法国与其他地方的**漫游时代**。

那些痴迷波希米亚精神的人总会产生一种挥之不去的四处漫游的冲动，即使在相对闭塞的地区也不例外。波希米亚人通常被当作流浪者与

《斯特兰德杂志》封面
1903 年 12 月

游民，他们无时无刻不在街上游荡，而在这一点上，福尔摩斯和华生与其他许多人并无二致。例如，在《住院的病人》中有这样的描述："我们一起闲逛了 3 个小时，观赏着舰队街和斯特兰德大街上如潮汐般起起落落、千变万化的生活情境。"波希米亚式的夜行路线时常把他们带到城市中的各种曲折巷道中。"颓废派"诗人与批评家阿瑟·西蒙斯曾经向一位女性朋友承认（或者说吹嘘）道："我不知道你是否听说过我们夜晚的漫游，我们对伦敦里里外外的研究……你知道吗，我对正统、规律和遵循传统道德毫无兴趣。我被一切不寻常的、波希米亚的、怪异的事物吸引：我喜欢去古怪的地方，喜欢结识奇特的人。我也喜欢反差和多样性。"据说亨利·欧文在刚刚到达伦敦时，很快就"爱上了这座巨大而神秘的城市，发现了它奇怪的住宅区和街角，它的细枝末节，它廉价的剧院，以及它无限的多样性。在那段时间里，他喜爱运动，是一位专业的游泳运动员，喜欢后巷和贫民窟，就同他现在一样，是一位出没在各种稀奇古怪的地方的徘徊者"。

对于女性波希米亚人来说，这样在伦敦"稀奇古怪的地方"夜游的行为是否理智似乎值得怀疑，不过到外国进行冒险却是可能的。当弗洛伦斯·迪克西夫人（她后来成了一名重要的、具有开拓意义的探险家）于 1884 年发表她在 19 世纪 70 年代旅行时写的诗作时，她将诗集命名为《流浪儿与迷失者，或一位波希米亚人在异国的漫游》。20 年后，作为一种开拓女性视野的方式，旅行的地位得到了进一步的确立和巩固。伊丽莎白·P. 拉姆齐-莱所著的《一位可敬的波希米亚人的冒险》中，与书名同标题的故事就是一名寡妇的回忆录。主人公与一位女伴（一位教区牧师的妹妹）一起度假，女伴决定嫁给一位意大利旅馆老板。他们的婚姻非常成功，叙事者也明白了在更广泛的欧洲背景下，波希米亚主义完全不像"某些历史学家认为的那样，能证明人类有从文明状态退化回蛮荒状态的趋势"。她自己最后也可以说是变成了一位名誉上的欧洲大陆波希米亚人。

※
浓雾中的拉德盖特广场
约 1905 年
艾伯特·亨利·弗尔伍德

时 机

　　富有教学意义的漫游依赖于可支配的自由时间。在一篇探讨工业化对时间体验的影响的经典论文中，历史学家 E. P. 汤普森指出："在西方工业化资本主义中有一种反复出现的反叛形式——无论是波希米亚人还是'垮掉的一代'——经常以藐视可敬的恪守时间的紧迫感的方式出现。"汤普森说，从 17 世纪晚期开始，时间就是"一种货币，它不是被交易的，而是被花费掉的"；"工作"与"生活"之间出现了明显的界限——不过汤普森也承认，"休闲"与其相关产业的出现，为这种文化提供的自由时间赋予了一种规范化甚至目的性的特质。

与更传统的工作者相比，波希米亚人拥有他们自己的生物钟，更喜欢按照自己的喜好作息。我们也了解到，福尔摩斯"上午通常很晚才起床，常见的熬通宵的时候除外"（《巴斯克维尔的猎犬》）。有时候华生还能听到他"在半夜大步地走来走去"（《四签名》）。福尔摩斯每次单独出门的时候，华生都无法确定他什么时候才会回来（《绿玉皇冠案》）。就连华生本人都承认自己也曾在"各种不合常理的时候"起床，而且"极其懒惰"（《血字的研究》）；在《四签名》中，他睡到下午很晚的时候才起来。福尔摩斯会根据不同案子的需求，在必要的时候工作。与之相反，许多波希米亚的居民反而效力于一些对时间要求非常严格的当地产业——戏剧业和新闻业。帷幕必须要升起，报纸必须要刊发。解决方案就是改变传统的时间顺序，颠倒日夜。拥有自己的规律化习惯后，波希米亚主义实际上正反过来表现出了它显然要反对的东西，这是一种非常有特点的趋势。

大家公认的典型的波希米亚记者包括乔治·奥古斯特·萨拉，"一位真正的波希米亚人，一位寻欢作乐者"，以及埃德蒙·耶茨。两人都个性张扬，都是多才多艺的作家和专栏写手，都喜欢八卦和夜间娱乐。与他俩旗鼓相当的戏剧行业从业者中，欧文是非常杰出的，不过他比他们更谨慎一些。虽然他最终成了他这一行中的名誉领袖，但他日常生活的二重性是十分典型的。正如最近在写他故事的传记作者所承认的那样：

> 虽然他四处宣扬忠于家庭和婚姻的美德，但他过着的却是典型的波希米亚单身汉生活，充满了深夜活动、俱乐部区狂欢酒宴、雪茄、红酒和男人间的谈话。

住 所

　　如果你是个单身汉，那么过上波希米亚式的生活显然会更容易，因为你不需要朝九晚五地正常作息，没有家庭的重担，也不必维持体面。与一位和你相似的人分享住所——哪怕只因为对方是同性——可能会使你们更容易在基本需求上达成一致。福尔摩斯和华生在很多关键事务上的观点是一致的，例如食物、烟草，以及穿着晨衣一边看报纸一边吃早餐的权利，虽然他们关于烈性毒品的意见相左，也偶尔会因专业程序的问题拌拌嘴。单身汉可以想什么时候吃饭就什么时候吃饭，甚至在有其他要事的时候不吃也是可以的。在《五个橘核》中，福尔摩斯一整天都没想起来吃饭，直到最后才"从一条面包上撕下一块"，"借着一大口水吞了下去"。另一方面，工作完成之后，食物也可能是很受欢迎的，两

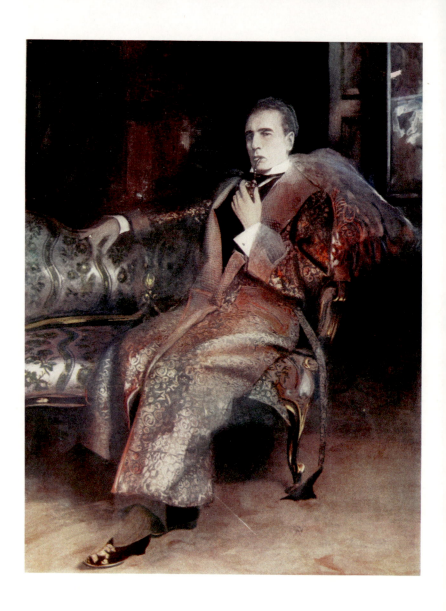

个人都愿意承担管家太太的职责。在《四签名》中，福尔摩斯准备了
"生蚝和一对松鸡，还有一些特选的白酒"，而在《恐怖谷》中（第一
部，第六章，"一线光明"），一次漫长的会面让他饥肠辘辘，将华生叫
人替他端来的茶点一扫而光。

　　华生有些不满地记录道，福尔摩斯会在公寓里作他那些"臭不可闻"
的化学实验（《四签名》），还提到他在胡乱拉奏小提琴之后，总是得拉
一些医生最喜欢的曲子作为补偿（《血字的研究》）。不过华生医生承认

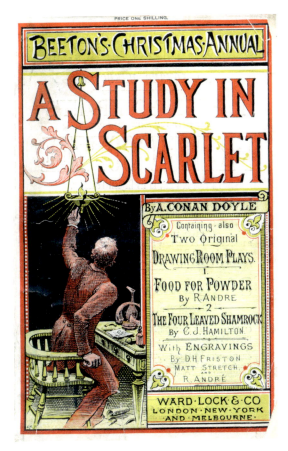

*

《比顿圣诞年刊》封面
主题为《血字的研究》
1887 年

*

随便你做什么都可以，医生
夏洛克·福尔摩斯和华生医生，《血字的研究》
1891 年
乔治·哈钦森

自己也不是没有缺点的："在阿富汗的混乱工作，加上天生的波希米亚
主义的性情，让我变得马虎，不像一个医生应有的样子。"（《马斯格雷
夫礼典》）等到他终于结婚之后，华生偶尔也能说服福尔摩斯"克服一
下自己的波希米亚生活习性，到我们家来做客"（《工程师大拇指案》）。
这种建立在互相尊重的独立性基础上的单身汉典范显然还是存在的。正
如福尔摩斯所说，单身汉很擅长保守秘密："我们认为一位独居的人应
该比跟家属生活在一起的人更能保守秘密。"（《工程师大拇指案》）

*
还有什么地方需要我说明吗？
《海军协定》,《斯特兰德杂志》
1893 年 11 月
悉尼·佩吉特

　　在这些独自或两人在私密的房间中生活，得益于这种男人之间的互相容忍的**世纪晚期**作家之中，有阿瑟·西蒙斯、乔治·穆尔和哈夫洛克·埃利斯；他们都曾经在中殿律师学院居住过。奥斯卡·王尔德来到伦敦后，曾与画家弗兰克·迈尔斯做过室友，一开始是在斯特兰德大街附近的索尔兹伯里街，后来又搬到了切尔西的泰特街。W. B. 叶芝先后在喷泉庭院和沃本街居住过。诗人莱昂内尔·约翰逊（据叶芝说，他每天早上 7 点用早餐）则在夏洛特街、格雷旅馆和林肯旅馆居住过。如果一个男人有足够的财产，他完全可以在（打个比方说）皮卡迪利大街附近隐蔽的奥尔巴尼男性公寓里独自生活。这种地方"完全与世隔绝"，但对于像乔治·艾夫斯这样具有神秘色彩的同性恋作家来说就很合适；王尔德的《不可儿戏》中的虚假人物欧内斯特·沃辛的住处，就是以艾夫斯在奥尔巴尼的房间为原型的。

　　单身汉的居所通常像一座避风港，被视作湍流中的一座安全的小岛、一艘抛锚的船，就像贝克街 221B 号一样。它们安全、舒适，并且都可以让人享受这种近乎完美的亲密关系："一个阴冷多雾的夜晚，福尔摩斯和我坐在起居室熊熊燃烧的炉火两旁。"（《巴斯克维尔的猎犬》）这幅熟悉的、令人放松的画面深深地印在了人们的脑海中。至于室内装潢方面，比起新东西，波希米亚人更喜欢令人安心的旧物，也更注重家中轻松随意的感觉，这点在他们随意摆放物品的行为中就有所体现。他们更看重别的事物。这是波希米亚人的生活方式，人们也通常认为这是典型的男性生活方式。不过，虽然在虚构作品中没有得到充分体现，但随着女性工作者（如女性商店职员和实习教师）的数量增多，精神独立的女性们合宿的情况也会变得更加普遍。

与这种以性别为基础的隐居生活相比，戏剧的世界早就为杰基·布拉顿称为"波希米亚家庭"的现象提供了条件。虚构作品中最有名的例子就是狄更斯所著《尼古拉斯·尼克尔贝》中的克拉姆尔斯一家——皮内罗的戏剧《韦尔斯的特里劳妮》取材于此。另一个例子则是阿代尔·菲茨杰拉德小说中这典型的一段：

福尔摩斯打开盒子，嗅了嗅里面唯一的一支雪茄
《住院的病人》，《斯特兰德杂志》
1893 年 8 月
悉尼·佩吉特

> 不过他们有一个非常大的房间，同时起到了餐厅、起居室、吸烟室的作用，如同一间功能齐全的公寓。房间正中摆着一张长长的餐桌，半张桌子上零散地摆着工资册、节目单、戏文、曲谱和廉价惊悚小说。壁炉架上则放满了信件、烟斗、一盒盒火柴和照片，其中零星点缀着一些半损毁的古怪花瓶或装饰物；一座永远快 2 小时 17 分钟的老旧破烂的大理石钟放在正中间……

据布拉顿描述，引人注目的批评家克莱门特·斯科特在晚年回忆起自己 19 世纪 60 年代的童年经历时，"感觉到了家庭生活和职业精神的波希米亚组合产生的戏剧艺术"，所以"这个群英荟萃的圈子，以默然但又不容置疑的姿态，将女性当作平等的成员包括其中，为他提供了一个典范"。确实，从职业或其他方面来说，女演员比其他女性更容易接受波希米亚的生活方式——或者她们可能是被迫接受这种生活方式的。莉莉·兰特里和帕特里克·坎贝尔夫人都成了"波希米亚名流"的著名例子，而在福尔摩斯的故事中则有阿德勒，一位穿着男装的女演员，有些批评家将她与莎拉·伯恩哈特联系在了一起。

福尔摩斯和华生的家务都被理直气壮地交给了哈德森太太打理；绝

纵情声色者：起床，吸一点儿鸦片，睡到午饭时间，之后再吸一点儿鸦片，睡到晚饭时间，这才叫享乐的生活

奥斯卡·王尔德坐在右边，《提神物》

1894 年 7 月 14 日

L. 雷文 - 希尔

大多数时候，她都乖乖地待在自己的位置上。福尔摩斯与他的创造者一样，很少会长时间招待一位女人，也很少觉得女人有趣。柯南·道尔似乎更希望他的社交聚会成员全部是男性，理由是："大家都知道，尽管女士们可以极大地改善宴会的视觉效果，但她们通常会降低谈话的质量。当房间里有女人时，几乎没有男人会表现得完全自然。"而杰出艺术家们宽敞的工作室，可能是有见地的女性能够发表意见并得到聆听的更"自然"的场所之一。惠斯勒的工作室就是一个精英聚会的场所。惠

o8o

斯勒和王尔德的朋友，画家路易丝·乔普林，也定期在她的工作室举办聚会。工作室可以将工作场所与生活空间结合起来，同时提供充足的娱乐空间。在更私密的方面，工作室还散发出一种情色的氛围。男性画家和他那可能不穿衣服的模特——她可能同时也是一位厨娘或护士——之间的性潜力是显而易见的。在亨利·柯温的浪漫小说《在波希米亚，或爱在伦敦》里，艺术家男主人公住在牛津大街附近纽曼街上一间不整洁的房间里，其中女人存在的迹象——线索——是显而易见的：

空空荡荡，十分荒凉，却仍然很不整洁。一张床，一张像是立在拐杖上的瘸腿桌子，一张办公桌，两把椅子，其中一张勉强可以使用，更多损坏的家具，一个画架，一个躺着的人形，一把吉他和乐谱，一堆未完成的油画和素描，三盆观赏用玫瑰树，一条女式披巾，一些发夹，还有一团假发髻的残骸。

饮 食

英国的波希米亚男人据说可以分为两种：孤独的和善于交际的。那些喜欢与别人一起放松的人也都有他们喜欢去的地方，这些地方多少都比较体面。最著名的绅士俱乐部是牛排（欧文的最爱）、萨维尔、阿伦德尔、阿尔比马尔和旅人。加里克和野人在特殊时期还曾得到格莱斯顿和威尔士亲王（他是这两个俱乐部的会员）的光顾。华生也加入了一个俱乐部，而福尔摩斯的哥哥迈克罗夫特则属于一个反俱乐部团体——第欧根尼俱乐部，它成立的反常原则是让人保持不社交（据说它的原型是雅典娜俱乐部）。

不出所料，福尔摩斯似乎并不属于任何俱乐部，也不经常在酒店出没。公认可以提供波希米亚氛围的酒店包括莱斯特广场附近的皇冠酒吧和舰队街上的柴郡奶酪酒吧。前者位于几所大音乐厅附近，例如帝国音乐厅和阿尔汉布拉音乐厅；后者则恰巧位于靠近报社的地方，离斯

※
塞西尔酒店的莱迪史密斯晚宴
1906 年

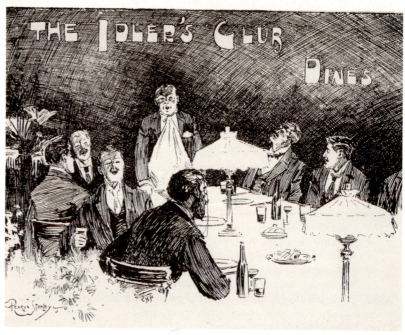

※
懒散者俱乐部用餐
1895 年
彭林·斯坦利

特兰德大街的几座剧院不远。柴郡奶酪酒吧有种十分浪漫的古老气息。这是一座"舒适的房子，有抛过光的地面、传统的布置和家具"，阿代尔·菲茨杰拉德在他的一首波希米亚叙事诗中赞扬了这个酒吧：

> 波希米亚是我的国度——
> 　　我的本性也是如此！
> 于是为了留下记录，
> 我要与你共饮一杯！
> 虽然年华匆匆流逝，
> 但我们将重续租约，
> 而友谊正在酝酿中，
> 就在这"柴郡奶酪"吧！

　　19世纪90年代，诗人会社的诗人——包括叶芝，偶尔还包括王尔德——正是在这里碰面，朗诵作品的。如果说"奶酪"是诗人的酒吧，无论他们水平如何，那么紧挨着斯特兰德大街尽头剧院的欢乐酒吧就是演员们的聚会场所，尤其是在下午，特别是对于"那些碰巧没有工作，又需要满足代价高昂的口舌之欲的人"来说。据一位常客描述，欢乐酒吧是"所有舒适的供饮酒和闲聊的场所中光顾的人最多的，许许多多聪明人都在那里聚首"。根据时刻的不同，这里可以是一个体面的聚会场所，也可以变成一个更离经叛道的地方。在皮卡迪利大街上或附近（"许多水域的永恒涡流"），深夜演员们下班之后，气氛可能会变得不同的用餐地点主要包括克莱提利安酒吧——华生就是在这个酒吧第一次听说福尔摩斯的（《血字的研究》）——和特洛卡迪罗餐厅、皇家咖啡馆、加蒂餐厅、弗拉斯卡蒂餐厅，还有圣詹姆斯餐厅。戏剧工作者也喜欢潘顿街的斯通饭馆。我们知道福尔摩斯和华生会去斯特兰德大街上的辛普森餐厅（《临终的侦探》），还会叫摄政街上的韦雷餐厅送餐。在福尔摩斯眼中，度过难得的户外夜生活的方式则是去听梅耶贝尔的歌剧，然后

BARNARD BURLESQUING IRVING.

去马齐尼餐馆吃饭；这间餐馆很可能是虚构的（《巴斯克维尔的猎犬》）。这些都反映了一定程度的富足，而和他们一样的夜猫子有很多可就过得没那么好了。不过，虽然乔治·艾尔 - 托德所著的《波希米亚文书》中那个胸怀大志的作家一贫如洗，他却还是想办法物尽其用："怀特霍尔一端附近有一家商店，只用花 6 便士[1] 就可以买到一杯可可和一个三明治卷，于是有一段时间，我们仍勉强维持着体面，将这作为晚餐。"

----

1   此处指英国旧制辅币便士，I 英镑等于 240 旧便士。

表 演

在日常生活中，波希米亚人就喜欢玩弄身份，就如同职业的演员一样。虚假的身份让他们可以自由地行动，进行实验。这也是一种罪犯和抓捕罪犯的人都拥有的天赋。巴尔扎克笔下的伏脱冷显然就是一个重要的原型。在《巴斯克维尔的猎犬》中，一名罪犯甚至假装自己是侦探，证明了他与福尔摩斯"同样机敏"。

福尔摩斯有许许多多不同的伪装，从"一个穿着航海服的老人……驼着背，膝盖颤颤巍巍，呼吸时像一个痛苦的哮喘患者"（《四签名》），到"一个留着山羊胡，走路大摇大摆的俏皮的年轻工人"（《查尔斯·奥古斯都·米尔沃顿》）。然而老人还是占据了主导地位，而且值得注意的是，特别被拿出来与福尔摩斯相比较的一位演员是约翰·黑尔（《波希米亚丑闻》）——他以挑战更受人尊敬的角色而闻名。福尔摩斯是一位具有专业水准的演员。他懂得如何化装和卸装，正如他在《歪唇男人》

伦敦的音乐厅——西区
（可能是帝国音乐厅）
约 1895 年
达德利·哈代

LONDON MUSIC HALLS—WEST END.

中揭露那个扮成乞丐的前演员的真实身份时一样，他也懂得如何用凡士林和胭脂将自己扮成病入膏肓的样子（《临终的侦探》）。艾琳·阿德勒也对此作过评论，将福尔摩斯视作一位演员同行，不过作为一位技巧高超的演员，她也成功地令他大吃一惊（《波希米亚丑闻》）。

表演是一种典型的"波希米亚"行为，因为至少在表演的过程中，演员逃离了通常能决定个人性格的社会约束。关于角色扮演的问题永远

都是：成为另一个人是什么感觉？这在 19 世纪晚期是一个格外受人关注的问题，演员们都受到了激烈的追问，同威廉·阿切尔在 1888 年写的书《面具还是面孔？》中一样。福尔摩斯是一位伪装大师，但他从来不会表现出他扮演的人物的感情。我们甚至要怀疑他有没有自己的感情可以失去。"成功扮演一个角色的最好方法就是成为他。"福尔摩斯说——我们应该注意，他并没有提到这其中涉及的情感（《临终的侦探》)。他甚至能够在模仿精神完全崩溃状态的同时保持头脑警觉，就像在《赖盖特之谜》中一样。

到了 20 世纪早期，"职业的老波希米亚人"已经被认为"几乎是明日黄花了，受欢迎的演员不再满足于在科芬园周边的一间小饭馆里吃饭，而要在一间超时尚的伦敦西区餐厅里穿着正装用餐"。在 1921 年出版的回忆录中，赫伯特·比尔博姆·特里的长期经纪人菲茨罗伊·加德

纳少校也注意到了演员们在社交习惯上的改变：

> 我还记得，除了个别例外，这个职业的从业者都生活在他们自己的小世界里，并且别无所求。然后所谓的"上流社会演员"出现了，还有那些虽然不真正属于"上流社会"范畴，但也对波希米亚一无所知的人——他们有时候来自军队、大学和公立学校。随之而来的还有同一类型的女演员，不过并不是很多。

尽管这一职业的某些成员在未来获得了来之不易的尊重，但旧习俗却很难消亡——就像亨利·欧文的例子一样，而且无论如何，社会的支柱往往乐于弯下身来，与从前的被抛弃者混在一起。

19 世纪早期喧闹的剧场的直系后裔是音乐厅，其数量在世纪交替之际得到突飞猛进的增长，但福尔摩斯的故事中却鲜少提到它们（也许正是因为这个原因）。柯南·道尔在提及 1912 年众星云集的御前演出时，赞赏地将乔治五世描述为一位"热爱真正的波希米亚主义的人"。他的评论不仅指出了一种极其受欢迎的娱乐形式的起源，也证明了波希米亚风格可以在不扰乱阶级秩序的前提下跨越阶级界限。与此同时，至少在这个例子中，这或许也表明了一位作者和他最著名的造物之间的明显差异。

休 憩 、游 荡 、闲 逛 —— 与 虚 度 光 阴

> 整个下午他都坐在前排座位上，沉浸在无与伦比的幸福中，随着音乐轻轻摆动他修长的手指，那温柔的笑脸和慵懒、恍惚的眼神，让他与那个警犬一般警觉的福尔摩斯，那个铁面无私、头脑敏锐、随时待命的刑事侦探判若两人……
>
> 《红发会》

当福尔摩斯聆听音乐时，他被带到了另一个世界。使用肢体语言来表现精神状态是柯南·道尔常用的角色塑造方法，而福尔摩斯经常在"极端慵懒"（比如此处）和"精力充沛"（《红发会》）之间来回转换。在家里时，他习惯"休憩"。一个典型的姿势可能是"穿着晨衣在起居室里闲逛，一边读《泰晤士报》的读者来信专栏，一边抽他早餐前的一斗烟……"（《工程师大拇指案》）。

另一方面，我们又无法想象福尔摩斯会像阿代尔·菲茨杰拉德的波希米亚叙事诗中那个正在追求舞女的懒惰好色的主人公那样行事：

> 于是我在莱斯特广场休憩，
> 为我亲爱的萨莉鼓掌喝彩，
> 她点头致意，快活地眨眨眼，
> 真是芭蕾舞界的骄傲！

伦敦也许像华生描述的那样，是一个"巨大的污水坑，大英帝国所有游手好闲之人都不可抗拒地涌向这里"，但当福尔摩斯"休憩"的时候，他只与他自己——还有他的烟斗——交流，虽然他远远不只是一个"扶手椅懒汉"（《血字的研究》）。

虽然波希米亚人可能经常"休憩"或表现出"倦怠"的迹象，但他们很少会"闲逛"，也不会经常"游荡"。闲逛本身就是一种可疑的行为——"我'在街头寻找游手好闲的人……'"（《巴斯克维尔的猎犬》）。福尔摩斯和华生也曾被人拒之门外，理由是"我们可不想让游手好闲的人到这里来"（《银色马》）。为了假扮成"一个普通的闲人"，福尔摩斯必须非常小心地伪装自己——"他竖起衣领，穿着磨损的破旧外套，系着红色领巾，脚上穿一双破破烂烂的靴子，看起来正是那个阶层的完美样本"（《绿玉皇冠案》）。当他说自己拥有"当一个正宗的闲人的潜质"时，他是在以讽刺的意味使用这个说法，并且将其与一个"相当有活力的人"并列（《四签名》）。

"I FOUND SHERLOCK HOLMES HALF ASLEEP."

我发现夏洛克正在半梦半醒之中
《身份案》,《斯特兰德杂志》
1891 年 9 月
悉尼·佩吉特

"I FELL INTO A BROWN STUDY."

我坠入了一间褐色的书房
《硬纸盒子》,《斯特兰德杂志》
1893 年 1 月
悉尼·佩吉特

夏洛克·福尔摩斯的"波希米亚习惯"　　　**091**

这种差异与创造力和目的性有关。对于一个真正的波希米亚主义者来说，时间是永远不会被浪费的。有时他们可能没有行动，但却在进行思维上的投资。在这方面，福尔摩斯是一个很好的例子，体现了波希米亚主义者在对待时间的态度上的优势。相比之下，从事体力劳动的游手好闲者就只是一个有空闲时间的人而已。这个词总是不可避免地与声名狼藉的吉卜赛人和可疑的失业者联系在一起。游手好闲的人是都市特有的奇观。诗人约翰·戴维森在他的一首舰队街田园诗中写到过一堵"被游手好闲的人磨光的墙"。任何犯罪现场附近都可能会有"一小群无所事事的人"在围观，就像"劳里斯顿花园街谜案"中一样（《血字的研究》，第一部，第三章）。

"虚度光阴"包括两种行为模式——"休憩"和"游荡"。19 世纪 90 年代，幽默作家杰罗姆·K. 杰罗姆曾编过一本名叫《懒散者》的杂志，柯南·道尔的《史塔克·门罗书信集》就发表在上面。许多著名人物，包括亨利·欧文和柯南·道尔本人，都在一种恰如其分的放松氛围里接受过《懒散者》的采访。该杂志的理念是让阅读成为一种挑衅式的悠闲追求——这很难称得上是什么新概念，不过杂志名让这个概念变得时髦了，并邀请读者一同加入一个阶层的幻想中来。在 1892 年，柯南·道尔还真的加入过一个懒散者俱乐部，它位于斯特兰德大街附近的阿伦德尔街，俱乐部的名字听起来确实像对 P. G. 沃德豪斯小说中的懒汉俱乐部的一种预测。福尔摩斯曾以一种或多或少有些王尔德式的口吻评论道："我从不记得什么时候因为工作而感到疲惫过，但无所事事却让我精疲力竭。"（《四签名》，第八章，"贝克街的侦探小队"）无聊是波希米亚主义者——时髦的知识分子——为脱离按部就班的工作生活而付出的代价，而矛盾的是，这是一种特权的标志。

这是另一个相对现代的看法。"无聊，"彼得·图希在书写无聊的历史时写道，"有时可以让一个人与其他人，与这个世界，甚至（虽然说来有些古怪）与他们自己区分开来。无聊会强化自我知觉。"无聊感也许与波希米亚主义者剥离物质束缚之后体会到的那种超脱众人的感觉类

《误入歧途的侦探》中的
"瞎洛克·糊尔摩斯"
《懒散者》
1892 年
卢克·夏普

似。一些批评家把普通的无聊与波德莱尔式的倦怠作了区分，声称无聊是"对当下的反应"，而倦怠则是"对宇宙的审判"。然而有些时候，夏洛克·福尔摩斯和他同时代的英国颓废派诗人一样，似乎会同时感受到这两种感觉："犯罪已经司空见惯，存在也司空见惯，而在这世上只有司空见惯的东西才有作用。"（《四签名》）

福尔摩斯确实对"司空见惯"——一个他最喜欢的用来表达不耐烦的词——感到无聊，哪怕只是因为自相矛盾地，大多数人看不到日常生活实际上可以有多了不起和"古怪"——又一个他最喜欢的词（《红发会》《蓝宝石案》）。对其他人来说足够好的一切——他们的"共同"之处——对福尔摩斯来说就是不够好。福尔摩斯这种容易陷入特权阶级的无聊的习性造成的直接结果就是，他需要频繁的刺激。有时候这种刺激会以一个智力难题或"案子"的形式出现，但当这些东西供不应求时，他就会像至高无上的法国波希米亚主义者波德莱尔一样，转而求助于人

威廉·吉列特扮演的福尔摩斯
他和华生医生在一起时进行皮下注射
1900 年

WILLIAM GILLETTE

as

SHERLOCK

HOLMES

NEW YORK
R.H.RUSSELL
PUBLISHER

工手段，伸手去拿可卡因瓶子（《四签名》，第十二章，"乔纳森·斯莫尔的奇异故事"）。

前行

即便是在波希米亚，成功也是令人振奋的，而失败也是让人痛苦的：

我将波希米亚这片土地，

称作天才与艺术的学院，

无数勇敢的人在围栏中起起落落，

在文学那冷酷而无人感激的集市上；

然而尽管有那么多的悲伤，这仍然是世上最伟大的盛会，

我们从生活的斗争中学习如何应对，

这片甜蜜的土地上充满天国乐土的梦想，

乃是名誉的金色希望的摇篮。

阿瑟·兰塞姆写过一个故事，讲的是他拜访一个与妻儿一起生活在昏暗的小房间里，想要成为小说家的人的情况：

我们用这位伟人从角落的一个盒子里拿出来的两个杯子喝酒。然后他谈论起文学，谈得如此高妙，仿佛那凌乱的床、脏兮兮的房间、妻子和孩子从来不曾存在过。尽管他双手脏污，尽管他穿着晨衣，但他挣回了一份属于自己的伟大。他夸张地举起酒杯，一边看着红宝石般的酒液，一边谈论埃德加·爱伦·坡和他的方法论……我们又从坡谈到侦探和悬疑故事，谈到加博里欧和夏洛克·福尔摩斯，谈到分析的态度，一直谈到批评与艺术的关系。

据兰塞姆所述，这位小说家最终获得了一定的成功，并放弃了他极端波希米亚主义的生活方式。在他的例子中，牺牲和奉献显然得到了回

威廉·吉列特扮演的
夏洛克·福尔摩斯
1900 年
J. 奥特曼印刷公司，
R. H. 罗素出版社

AFTER THE SUPPER.

PUBD. BY VILLIERS, VILLIERS ST, STRAND.　　　COPYRIGHT, ENTD. STA. HALL.

《晚饭之后》
从左至右依次是亨利·欧文、
J. L. 图尔和斯夸尔·班克罗夫特
1884 年
菲尔·梅画作的照片

报，不过我们也许可以推测，他时不时还是可能故态复萌。毕竟正如兰塞姆所说，"在所有束缚之中，流浪生活是最难以摆脱的一个"。不过最终，大多数波希米亚主义者，无论是现实中的还是虚构的，都改变了他们的生活方式，要么是像福尔摩斯一样安于退休生活，要么还是像福尔摩斯一样直接消失一段时间。

在这一时期多以女性为主人公的浪漫小说中，波希米亚也许是一种诱惑、一个陷阱，或仅仅是一种成长仪式，但它总是暂时的。卡普里，J. 菲茨杰拉德·莫洛伊的《不足为奇：一个关于波希米亚生活的故事》中的女主人公，是一位艺术家的模特（杜莫里埃《软毡帽》中的女主人公的前身之一），她出身贫困，无忧无虑，并知道自己必须尽快摆脱目前的生活。"我经常希望，"她对她的画家男友马克说，"我不是这样的一个波希米亚人。年轻的时候做一个这样的人确实乐趣无穷，但在伦敦，一个人在过了青少年时期之后必须变得体面和富有起来，尤其是女人。"贝雷妮丝，范妮·艾金-科特赖特的《波希米亚爱情故事》中天真年少的女主人公，与她视为叔叔的男人——一个屈服于失败的苦苦挣扎的作家——共度了一段时光。"两年前刚来到伦敦时，我心中充满远大抱负，"他对她说，"但现在那些都不在了。"他更喜欢"坐在温馨的书房中一张舒适的扶手椅上，嘴里叼一根上好的哈瓦那雪茄，喷出一股优雅的烟雾，做梦或阅读其他人的思想，无论它们是严肃的还是欢乐的，而不需要自己编造想法"。艾金-科特赖特是一位虔诚的基督徒，也是女子学校的教师，信奉"两分领域"，她的主人公将会通过观察男人的不安和痛苦学习到一些人生经验。在阅读这一流派后来的一部作品——弗洛伦斯·沃登的《波希米亚的女孩们》时，我们一开始就被告知，女主人公们"不是天生的波希米亚人——一个都不是。伦敦郊区的一栋漂亮房子，巴黎的一套迷人公寓，黛娜和米尔德丽德就是在这样的环境里，从孩童成长为朝气蓬勃的年轻女人的"。当王尔德一家遭遇经济危机时，女孩们在剧院里找到了工作，不得不租房居住，被男人追求，但最终她们还是结婚并安定了下来。

尽管波希米亚以新的现代主义形式留存了下来，但大多数关于维多利亚时代晚期的波希米亚的描述都是在事后书写的，并总是充满怀旧之情。第一次世界大战之后，世界显然发生了巨大的变化；伦敦的面貌改变了许多。在 1919 年写作回忆录时，哈里·弗尼斯隐晦地向过去几年中失去的东西表达了敬意：

所有这些恶臭弥漫的贫民窟都被推倒铲平，在它们的位置上，庄严壮观的高楼大厦拔地而起，之后这里将出现马可尼公司、殖民机构、银行等的办公室，还有富丽堂皇的报社和其他办公室。在这样的环境下，波希米亚主义是不可能存在的。它将会严重违背时代潮流，事实上，波希米亚主义的消亡主要是源于建筑师的天才，而不是任何时尚或运气的变化。

无独有偶，在 1917 年，记者兼剧作家乔治·R. 西姆斯也看到了一幕与他记忆中完全不同的场景。在他所著的《关于波希米亚伦敦的 60 年回忆》中，他独自在街上游荡：

夜晚，我发现自己走在斯特兰德大街、莱斯特广场和沙夫茨伯里大街上，那里的剧院区已经突破了从前的边界，延伸开来，我在泰斯庇斯的神庙前只看到了一盏指示警察局入口的幽幽的蓝灯。50 年前，剧院区里没有耀眼的电灯，但煤气灯却欢快地闪烁着……

我们可能倾向于认为，这种对 19 世纪煤气灯的提及是一种残留的关于伦敦的陈词滥调，它暗示着记忆本身的变化方式，而时至今日，这种隐喻已经过于昭然了。也许不可避免的是，我们将会意识到它对福尔摩斯故事的环境气氛起到的显著的特殊作用，就如同一种戏剧技巧，像环绕的舞台灯和薄纱幕布，它隐藏了具体的轮廓，增加了神秘的感觉，将凡人变成了都市神话。有些人说，我们必须一直以这种方式看待波希米亚：把它看作一种展望或回顾，看作某种文化幻觉。然而诸如此类的说法绝不只是一种诗意的形容。当灯火终于熄灭时，整整一代波希米亚人的经历也随之而去了。

摄政广场，牛津街

约 1890 年

※
波特兰街
1906 年
阿尔文·兰登·科伯恩

照片与明信片上属于
福尔摩斯的伦敦中心区

这些照片和明信片图片捕捉到了离贝克街 221B 号夏洛克·福尔摩斯的咨询室不远的伦敦中心区的细节和复杂性。伦敦呈现出两种截然不同的面貌。在科伯恩的照片中，一辆孤独的双轮出租马车占据了泥泞道路的中心，雾气弥漫在空中。而在摄政广场的画面中，人行道上到处都是行人，大道上则挤满双轮出租马车、公共马车和运货马车。过马路想必相当危险。河道上也同样拥挤，挤满了拖船、汽船、平底货船和驳船。城市中新出现的元素——大型酒店——与干线火车站一样，都是夏洛克·福尔摩斯故事中的重要角色。

✳

上霍尔本，大法院巷附近

1902 年

事先结清车费，车一停，你就马上穿过街道，在 9 点 15 分到达街的另一头。你会看到一辆四轮轿式小马车等在街边，赶车人披深黑色斗篷，领子镶有红边，你上了车，就能及时赶到维多利亚站，搭乘开往欧洲大陆的快车。

《最后一案》

特拉法尔加广场（局部）

约 1880 年

弗朗西斯·弗里思

※

干线火车站明信片

约 1908 年

H. 弗勒里与米舍公司发行

上：维多利亚站，多佛港口联运列车

中：查令十字站，巴黎港口联运列车

下：滑铁卢站，南安普敦港口联运列车

VICTORIA STATION.

❋

维多利亚站

约 1905 年

克里斯蒂娜·布鲁姆

伦敦船闸前池
约1890年

恰在此时，不幸的事发生了。一艘汽船拖着三只货船横在我们面前。幸好我们急转船舵，才没有撞上它们。可是等到我们绕过它们时，"曙光"号已经离我们足足200码¹远了，不过我们还看得到它。当时，昏暗朦胧的暮色已经被繁星点缀的黑夜取代。我们的锅炉已烧到了极限，驱船前进的力量异常强大，脆弱的船板咯吱作响，不停摇晃。我们从伦敦桥的中央穿过，经过西印船坞和长长的德特福德河区，又绕过狗岛。

《四签名》

---

1   英制长度单位，1 码合 0.9144 米。

✳

伦敦桥

约 1890 年

LANGHAM HOTEL, LONDON. 7400. G.W.W.

❋
朗廷酒店
约 1890 年
乔治·华盛顿·威尔逊

　　他从伦敦发来电报告诉我，他已平安抵达伦敦，住在朗廷酒店，催促我快些前去相聚。我还记得，他的电文中充满了慈爱。我一到伦敦就坐车去朗廷酒店了。侍者告诉我，摩斯坦上尉的确住在那里，但是他前一天晚上出门后到现在还没有回来。我等了一天，毫无音信。

《四签名》

HÔTEL RUSSELL, LONDON.

HOTEL CECIL, LONDON.
FROM RIVER THAMES.

HYDE PARK HOTEL
LONDON
from the Serpentine

酒店明信片：

上：罗素酒店，约 1912 年

中：塞西尔酒店，约 1908 年

下：从瑟彭泰恩湖看海德公园酒店，约 1908 年

夏洛克·福尔摩斯、悉尼·佩吉特
与《斯特兰德杂志》

亚历克斯·沃纳 著

夏洛克·福尔摩斯始终称呼她为那位女人。我很少听见他用别的方式称呼她。在他心中，她才貌超群，让其他女人黯然失色。这并不是说他对艾琳·阿德勒怀有近乎爱情的感情。因为对于他那理性、严谨且极其冷静的头脑来说，一切情感，特别是爱情，都是格格不入的。我认为，他简直是世界上最完美无瑕的推理和观察机器。但是作为情人，他却是不合格的。他从来不说温柔的情话，更别提讲话时常带着讥讽和嘲笑的口吻。

《波希米亚丑闻》

在 1891 年的下半年，英国和美国的公众真正意识到了夏洛克·福尔摩斯这个角色的迷人和不同凡响之处。《波希米亚丑闻》于《斯特兰德杂志》7 月刊上发表，随后又有更多关于他的冒险故事新鲜出炉。柯南·道尔以福尔摩斯为主角的两部中篇小说——第一部是《血字的研究》，发表于 1887 年的《比顿圣诞年刊》，第二部是《四签名》，发表于《利平科特月刊》1890 年 2 月刊——发表时得到了一定程度的欣赏，但并未产生重大影响。尽管如此，这两部小说仍然对后来的一切至关重要，因为柯南·道尔已经在其中厘清了组成夏洛克·福尔摩斯世界的所有基本要素。其中尤为关键的是这位侦探卓越的脑力与观察力，以及其他一些不寻常的、具有辨识度的特质与习惯。柯南·道尔让华生医生作为一位风度翩翩又相当普通的叙事者出现，为故事创造了一个第一人称

约克广场，贝克街，北望
约 1900 年

III

作者的框架；读者们通过华生医生看到了夏洛克·福尔摩斯的行动和惊人的推理过程。贝克街 221B 号侦探咨询室的地理位置也已经完全确定，背景则是 19 世纪晚期的帝国首都。不过，夏洛克·福尔摩斯的角色设定在第一个和第二个故事之间也的确有所发展。

在《血字的研究》开头，柯南·道尔将他的侦探塑造成一个冷淡的人，有时甚至仅仅是一台冰冷的"计算机器"。华生医生指出，福尔摩斯对文学和哲学毫无了解。故事中着重强调的是他在科学领域的专业程度，尤其是在化学方面。世界第一次见到福尔摩斯时，他正在圣巴塞洛缪医院的一间实验室里，全神贯注地试图研究出一个用来辨认血迹的测试。第二个故事无疑在若干个方面对福尔摩斯的性格作了调整和拓展，使他看起来更有人情味儿，这一点着重体现在他波希米亚式的个性中。故事一开头便具象地描写了他给自己注射 7% 浓度的可卡因溶液的情景，对药物强度的精准把控显示了他对科学精度的要求。不过，他需要以这种方式寻求刺激，逃避生活的无聊，这也表现出一种令人担忧的鲁莽。华生同样也对他的自我中心感到"恼火"，并在他"安静又好为人师的态度"中看到了"潜藏的小小虚荣心"。不久之后就又发生了一件事：福尔摩斯仅仅通过仔细观察华生的手表，就推断出华生已故兄长的一些"不理想"的习惯，却并没有想到这样做会让他的朋友非常不快。不过他迅速作出补偿，郑重且诚挚地向华生道了歉，声称自己"忘记了记忆可以是一种多么私密和痛苦的东西"。而华生在发现福尔摩斯的推理仅仅来源于他对手表的观察，而不是对自己兄弟的私事的窥探时，也对自己之前的爆发感到抱歉。

虽然华生在《血字的研究》里断定福尔摩斯对文学和哲学"一无所知"，尤其是福尔摩斯又声称自己甚至没听说过托马斯·卡莱尔，但出人意料的是，在《四签名》里福尔摩斯提到了作家让·保尔，还暗示他读过卡莱尔的作品，但对其评价甚低。他那雷厉风行的特质在第二个故事中更加明显：他爬上了诺伍德的樱沼别墅的屋顶，"像一只巨大的萤火虫一样"在它的屋脊上爬行。之后，他与华生医生、混血狗托比一起在纵横交错的伦敦南部徒步穿行，追踪在谋杀现场发现的木榴油的气味；最后，在一场戏剧性的河中追逐里，他催促着警用汽船的船长越开越快，并躲过了由"小安达曼岛岛民"童格射来的"一枚致命的毒刺"。

《斯特兰德杂志》

那时出现了许多月刊，其中《斯特兰德杂志》非常出名，同现在一样，那时杂志的主编就是格里诺夫·史密斯。考虑到各式各样的杂志和它们刊载的互不相关的故事，我突然想围绕一个角色展开一系列故事，如果这个角色抓住了读者的注意力，那么读者就会成为这本杂志的忠实订阅者。另一方面，我早就认为，对一本杂志来说，普通的连载小说与其说是助力倒不如说是障碍，因为读者迟早会漏掉其中一期，之后对这个故事就再提不起兴趣了。

《记忆与冒险》，阿瑟·柯南·道尔爵士，1924 年

柯南·道尔通过他的新文学经纪人 A. P. 瓦特投稿给《斯特兰德杂志》的夏洛克·福尔摩斯系列故事，是全新的、不同寻常的。他提议写一系列新的故事，他称它们为"冒险"。"理想的折中方案是，有一个角色贯穿始终，但每一篇故事都自成一体，这样购买杂志的人就会确信自己可以享受到杂志的全部内容。"这种系列故事的写法让读者能够熟悉故事的主要角色，以及他们居住、活动的场所。柯南·道尔声称，他是"第一个意识到这一点的人"。他的叙事技巧似乎与这种形式完美契合，使他能够围绕特定的侦查挑战创造出简短而优美的故事。随着故事展开，读者们因夏洛克·福尔摩斯展现出的非凡推理能力而感到兴奋。他并不依赖于偶然事件，而是依靠自己独特的观察技巧。福尔摩斯破案的时候，每个故事都会有一个令人满意的结局，通常还会带有一个出人意料的转折，这令读者十分开心。除此之外，他们还发现这些独立的故事

POLICE LAUNCH "ALERT."

可以按任意顺序阅读。

如果《斯特兰德杂志》在 1891 年的头几个月里陷入了困境（当然，以它雄厚的财力背景，这是不可能发生的），那柯南·道尔有可能再也不会写更多的夏洛克·福尔摩斯故事了。这本杂志的格式和风格在英国是很新鲜的。一位成功的出版商乔治·纽恩斯依靠他 1881 年创办的便士周刊《珍闻趣事》赚了一大笔钱。他能够敏锐地觉察出什么东西可以吸引普罗大众。《珍闻趣事》的目标读者是城市中下层阶级，他们喜欢这本杂志汇集的各种趣闻轶事，也喜欢里面幽默的笑话和评论。杂志还鼓励读者将自己的小故事拿来投稿，于是读者的注意力就被源源不断的竞争和营销抓得牢牢的。该杂志最著名的营销策略之一就是"《珍闻趣事》保险计划"：杂志提出，将为任何一位携带该杂志的铁路事故丧生者的继承人提供 100 英镑的保险金。

10 年后，纽恩斯决定给他的出版业务再添加一本新期刊，通过发行一本面向广大中产阶级城市读者的月刊，来推动在高端市场的发展。他的灵感来自那些刊登流行故事和纪实作品，并配上版画插图和照片的美国杂志。《与泰晤士河警察共度的一晚》刊登于《斯特兰德杂志》的第二期，这是一篇关于当时的伦敦的文章，以轻松的新闻写作风格将报道与历史记录融合在一起，着重描写了这座大都市中与夏洛克·福尔摩斯

河道与港口警察
《哈珀斯新月刊》
1887 年 3 月

故事里的世界相关的方面。《哈珀斯新月刊》[1] 杂志的 1887 年 3 月刊发表过一篇套路几乎一模一样的新闻报道，描绘的是纽约警方与犯罪行为斗争的事迹。《斯特兰德杂志》的插画里，警船"警戒"号的样子令人不禁想到《四签名》里泰晤士河追逐时用的那艘船。然而，《哈珀斯新月刊》的插画却呈现了更戏剧化的场景，例如警察在中央火车站逮捕了一名小偷，还有河道与港口警察挥舞着手枪，乘一条小船捉拿罪犯。

《斯特兰德杂志》早期还有两篇文章关注了伦敦东区，即《与一位东区摄影师共度的一天》和《鸦片窝之夜》。第一篇文章没有署名，但第二篇文章则被认为是《死人日记》的作者库尔森·克纳亨写的。他在 1890 年因记录自己的濒死经历和幻象而引起轰动。《斯特兰德杂志》的文章中用相似的手法描述了鸦片对人的心智和身体的影响。这种鸦片窝的背景沿袭了查尔斯·狄更斯在小说中确立的传统，詹姆斯·格林伍德等作家也在纪实文章中继承了这一传统，格林伍德曾描写过东区真实的

---

1 《哈珀斯杂志》的前身，"哈珀斯"一译"哈泼斯"。

吸食鸦片的场景。《斯特兰德杂志》中 J. L. 温布什所作的插画则反映了拉特克利夫大道上"邪恶的楼梯"通向黑暗肮脏的后巷入口的景象。接下来是一幅鸦片窝内部的图片,两个男人躺在床上。其中一人抓着烟管,已经沉浸在药效之中,另一个人还在吸大烟,左边坐着的人正在吹灭蜡烛。在夏洛克·福尔摩斯的冒险故事《歪唇男人》中,鸦片窝扮演了重要的角色。这篇文章和柯南·道尔的故事也许是杂志出版的第一年内最轰动的两部作品,不同于那些纯粹的、面向家庭的儿童故事,例如乔治·桑德的《仙子尘》和丹尼尔·戴尔的《蓝猫》。

从一开始,《斯特兰德杂志》就刊登了大量著名外国作家的作品英译版。其中法国作家占比最大,包括阿方斯·都德、普洛斯珀·梅里美、阿尔弗雷德·德·缪塞、奥诺雷·德·巴尔扎克和居伊·德·莫泊桑，但也有俄国、匈牙利、德国和西班牙的作家。这种国际化的风味里还包含了以北美或澳大利亚为背景的小说。虚构内容中，只有一小部分是特别以英国为背景的。其中之一是柯南·道尔的《科学之声》，发表于 1891 年的 3 月刊，是他在该杂志上发表的第一篇作品。

该故事发生在虚构的"博奇斯浦"市（原型很可能是利物浦），一个现代技术设备——留声机——在故事中扮演了至关重要的角色。背景时间为 1903 年的《王冠宝石案》中有类似的设定，故事里福尔摩斯也是利用留声机来欺骗罪犯内格雷托·西尔维厄斯伯爵和萨姆·默顿的，让他们以为自己就在隔壁卧室拉小提琴。《斯特兰德杂志》定期刊登有关新发现和发明的作品，迎合了读者对现代世界日益浓厚的科学兴趣，而夏洛克·福尔摩斯故事中的法医学证据收集和使用电报快速传递信息、收集数据的描写，也很好地佐证了这一点。

《斯特兰德杂志》中文学作品的整体内容和平衡掌握在赫伯特·格里诺夫·史密斯的手中，翻译外国作家短篇小说的想法最早就是由他提出的。在那个时期，文学杂志中出现如此多的各类翻译作品是不同寻常的，也许还带有一定的风险，因为这样可能会使读者觉得陌生。不过杂志里其他更轻松的部分维持了平衡，例如"名人不同时期的肖像"。这可能是由杂志的总编辑和拥有者纽恩斯批准的：主要按照片临摹的版画填满了杂志的内页。王室成员、显赫贵族与政治家、艺术家、演员、探险家一同出现在图片中。另一个栏目"英国美人的类型"则主要关注年轻有魅力的女性名流，比如女演员和歌剧演员。在《波希米亚丑闻》发表的同一个月，一个新的"插图访谈"栏目创立了，这个栏目记录了一位年轻健谈的记者哈里·豪在一些名人家中对他们进行的采访。这种名人访谈是埃德蒙·耶茨在 19 世纪 70 年代开创的，但放在《斯特兰德杂志》其余内容之间，再配上由埃利奥特暨弗莱公司特别拍摄的照片，这些访谈首次揭露了名人的日常生活，一定让当时的读者感到非常新奇，欲罢不能。柯南·道尔本人也在 1892 年接受了采访。当时的杂志没有可以发表的夏洛克·福尔摩斯故事，于是就用这个栏目填补了空缺，以满足公众的好奇心，和他们想进一步了解这位了不起的虚构侦探的创造者本人的需求。豪的访谈《与柯南·道尔医生共度的一天》没有成为主要访谈系列的一部分，可能是因为柯南·道尔的名气被看作是"一时的"，特别是跟其他声名卓著而稳固的人相比，例如亨利·欧文——"这片土地上的最佳男主角"，以及弗雷德里克·莱顿爵士——"皇家艺术学院的院长"。访谈记录一开头就恰如其分地说，柯南·道尔将"当下最时髦的侦探小说"带给了这个世界。

侦探小说在 19 世纪 80 年代风靡一时。柯南·道尔显然受到了埃德加·爱伦·坡的小说中业余侦探 C. 奥古斯特·杜邦和埃米尔·加博里欧的勒考克先生的影响。这两个人物都是一系列故事的主角，也有特殊的侦查犯罪和破解谜题的能力。英国公众对此类题材的兴趣，是由报纸报道的真实侦探调查犯罪、追捕罪犯并将其绳之以法的故事引发的。侦探们穿着便衣进行"卧底"这件事尤其令人兴奋。大众媒体的绅士们都是真实犯罪的热心记者，尤其是事关谋杀案时。作家和出版商很快意识到，犯罪侦破主题的虚构作品这一市场大有可为。1888 年的开膛手杰克谋杀案让人们把注意力投向了警察机构，尤其是那些似乎无法逮捕凶手的侦探们。

柯南·道尔只是众多抓住机会创作流行侦探小说的作家中的一员。弗格斯·休姆的《双轮马车的秘密》在 19 世纪 80 年代晚期是一本畅销书。故事发生在墨尔本，开始于一辆出租马车后座上一起由"不知名的刺客"犯下的"不可思议的谋杀"，而来自市侦探科的格比先生主导了这次调查。然而，在这一时期的许多虚构故事中，私人或业余侦探经常能够比职业警察更成功地破案。其中一位作家，G. R. 西姆斯，以对大都市底层生活的报道和虚构描写而闻名，他写了许多侦探小说，发表在 19 世纪 80 年代晚期的报纸上。其中有一篇名为《布卢姆斯伯里谋杀案》，故事的主角是一名律师，他设法证明一位陷入杀妻嫌疑的朋友的清白。另一个故事《私人调查》的主人公是约翰·埃勒顿——"前苏格兰场刑事调查局警督"；他因对刑事警察有限的津贴感到不满而离开

OUTCASTS SLEEPING IN SHEDS IN WHITECHAPEL.

MURDER

HOMELESS.

A SUSPICIOUS CHARACTER.

WITH THE VIGILANCE COMMITTEE IN THE EAST-END.

与警戒委员会在东区

作于开膛手杰克谋杀案发生期间，

《伦敦新闻画报》

1888 年 10 月 13 日

了警察部门。他在"斯特兰德大街旁边小巷的小房子二楼"设立了一个"私家侦探机构"。西姆斯的故事集后来以《今日故事》为名出版。1891 年到 1893 年间出版的夏洛克·福尔摩斯故事通常是回顾前几年发生的事件，尽管这些故事本质上属于当时的时代。故事以现代都市为背景，夏洛克·福尔摩斯和华生医生在贝克街 221B 号的咨询室里，等待着下一位顾客的到来。他们可以从二楼的窗户俯瞰一条典型的都市大道，这是许多 19 世纪晚期的城市居民都熟悉的环境。读者们写信给夏洛克·福尔摩斯，认为他是一位真实存在的侦探，这意味着这些故事有非常强烈的真实感。

纽恩斯对杂志的设想就是在尽可能多的页面上放上插图。杂志的美术编辑 W. H. 布特在挑选设计方案和向许多当时最好的平面设计师约稿方面起到了重要作用。每期杂志的索引页上都能看到插图作者的名字。虽然并非首创——有些杂志，例如《伦敦社会》，在 19 世纪 60 年代就已经在支持他们的插画家了，但这种做法从一开始就表明了《斯特兰德杂志》是一本雇用"杰出艺术家"的"画报"。以一种独特的蓝色印

伦敦街道夜景
1893 年
约瑟夫·彭内尔

刷的杂志封面也值得注意。艺术家乔治·查尔斯·海特描绘了一幅从伯利街的拐角处——出版社办公室所在的地方——向东望去，伦敦最繁忙的中央大街之一斯特兰德大街的景象。前景中，行人们——包括一名警察——在商店遮阳棚下，沿着人行道拥挤着前行。伯利街街角处站着一个卖《珍闻趣事》的小男孩。在已出版的杂志的封面上，中景处还有另一个报童奔跑着穿过街道。一辆双轮出租马车向观看者驶来（在伦敦这是逆行），车厢和马匹一起微微左倾，更增添了动感和喧闹的气氛。它可能是从街道右边抄过来的，正准备接起或放下一名乘客。一盏巨大的球状煤气灯悬在斯特兰德大街359号拐角处，后面还挂着一个更小的梨形灯笼式煤气灯。远处的天际线上点缀着两座教堂塔楼，分别属于斯特兰德圣母教堂和圣克莱门特丹麦人教堂，而最远处则是皇家法院的钟楼，法院竣工于1882年。杂志的标题写在封面中上部。在最终印刷的封面上，标题的字母似乎被挂在电线上，暗示着它们晚上可以被点亮。毫无疑问，这参考了纽恩斯挂在出版社屋顶上的巨大的"珍闻趣事"发光标牌。杂志的第一篇文章相应写了斯特兰德大街本身的历史，由海特创作插画，他用一幅版画描绘了这条街道和街上显眼的"珍闻趣事"标志。

柯南·道尔在数篇夏洛克·福尔摩斯故事中使用了斯特兰德大街这个地标，其中最引人注目的就是《住院的病人》里的一个著名段落，描写了夏洛克·福尔摩斯和华生医生在城市中心地带进行一次夜晚漫步的情景：

我们一起闲逛了3个小时，观赏着舰队街和斯特兰德大街上如潮汐般起起落落、千变万化的生活情境。福尔摩斯独特的见解、对细节敏锐的观察力和巧妙的推理能力，使我极感兴趣，听得入了迷。我们返回贝克街时，已经是10点钟了。

在这里，现代都市的属性被铺陈开来，为夏洛克·福尔摩斯的世界提供了背景。"千变万化的生活情境"和"潮汐般起起落落"互相映衬。一方面，城市的运转看起来确实有如海潮一般涨了又落，但它也确实有一些每天重复的模式或结构；而另一方面，如果用细致的、分析的角度来看，就会发现它其实要复杂得多，因为它总在不断变化，模式也不断被打碎。这一段描写表明福尔摩斯"敏锐的观察力"使他能够通过细致

＊
我们一起闲逛
《住院的病人》，《斯特兰德杂志》
1893 年 8 月
悉尼·佩吉特

的观察洞明城市生活，而华生却仅仅是将景象收入了眼底。在悉尼·佩吉特为这段文字画的插图中，福尔摩斯和华生挽着胳膊，这是柯南·道尔在文中没有提到的。有趣的是，在埃德加·爱伦·坡的《莫格街凶杀案》中，杜邦和他的朋友也像福尔摩斯和华生一样，挽着胳膊在巴黎的大街上漫步，"在这个人口稠密的城市的光影中，寻找无声的观察能够提供的那种无限的心灵刺激"。佩吉特让华生被寒冷的空气包围，目光直直地注视着前方，而福尔摩斯则似乎更加放松，转过头去与他的朋友交谈。

悉尼·佩吉特笔下的夏洛克·福尔摩斯

他的气质和外表足以引起最漫不经心的旁观者的注意。他身高超过 6 英尺 [1]，而且因为十分瘦削，所以看起来还要高得多。他的目光锐利而机敏，在我之前提到的那种间断性的麻木出现时除外；他那细长的鹰钩鼻又使他的整个神情显得机警而果断。他的下巴方而突出，也表明他是一个果决的人。

《血字的研究》

※
悉尼·佩吉特
约 1890 年
埃利奥特暨弗莱公司

大众对夏洛克·福尔摩斯故事充满热情的一个重要原因，就是故事配有插图。悉尼·佩吉特在这一点上功不可没，他为这位大侦探创作的插图首次使福尔摩斯的外表令人难以忘怀。福尔摩斯棱角分明的脸与华生偏圆润的头部及独特的小胡子形成了鲜明对比。因此，无论是待在（最常见的）贝克街 221B 号时，还是在伦敦或更远的地方"冒险"时，每个角色都可以很容易地被辨识出来。在 1891 年的前 6 个月里，《冒险史》中的夏洛克·福尔摩斯故事出现之前，悉尼·佩吉特已经受《斯特兰德杂志》委托，为一系列故事和文章绘制了插图。他的作品大多聚焦于军事领域，他曾为《关于维多利亚十字勋章的故事：由获奖者讲述》创作过两幅插图，又为普洛斯珀·梅里美的《攻占棱堡》创作过 4 幅插图。在关于夏洛克·福尔摩斯的委托中，出现了一个错误。委托信件本来是寄给悉尼的兄弟沃尔特·佩吉特的，他也是一位技艺高超的插画家。然而信件上只写了"佩吉特先生启"，于是非常偶然地，这封信被悉尼打开了。悉尼·佩吉特出生于 1860 年，曾在赫斯利艺术学院接受过绘画训练，后又于 1881 年在皇家艺术学院学习，并赢得了许多奖项。在此期间，他开始以平面设计师的身份工作，为许多杂志绘制过插图。而他发表在《斯特兰德杂志》上的作品将使他享誉国际。

1　英制长度计量单位，1 英尺合 0.3048 米。

悉尼·佩吉特在他为福尔摩斯故事创作的开创性插图里塑造了两个主要人物。福尔摩斯背对壁炉站着，看向坐着的华生。佩吉特完美地捕捉到了福尔摩斯的姿态：这位侦探在壁炉前暖着他的背部和双手（插图所配的文字为"然后他站在炉火前"），同时转头"以他那独特的内省的样子"看着华生医生。为故事创作插画的时候，佩吉特能够参照的文本

※
然后他站在炉火前
《波希米亚丑闻》，《斯特兰德杂志》
1893 年 7 月
悉尼·佩吉特

细节十分有限。我们并不知道他花了多少时间阅读前两本福尔摩斯的书，研究这些人物。也许就像已经塑造出这两位人物和他们周围环境的柯南·道尔一样，佩吉特彻底消化了他们的世界和性格，远远超过一位受委托的普通插画师的标准。

柯南·道尔后来解释说，他创造的侦探的原型是他在爱丁堡大学医学院的导师约瑟夫·贝尔医生。贝尔的分析能力和外表都与夏洛克·福尔摩斯的异曲同工。D. H. 弗里斯顿和查尔斯·道尔创作的福尔摩斯早期插画并没有体现出这位侦探的任何非凡或令人难忘之处——也许只画出了他的古怪。一位经验丰富的优秀平面设计师乔治·哈钦森在 1891 年又进行了一次尝试，为《血字的研究》绘制了新的插图。哈钦森试图让画作与柯南·道尔对这两个人物的描绘相吻合。然而与佩吉特的插图比起来，他的作品显得笨拙而平平无奇。第二年，在卢克·夏普（罗伯特·巴尔的笔名）发表于《懒散者》的一篇滑稽作品《误入歧途的侦探：瞎洛克·糊尔摩斯的冒险》中，哈钦森再次试图挑战夏洛克·福尔摩斯，这时，他创作的福尔摩斯形象受到了佩吉特画作的影响。佩吉特对两位主人公的诠释中有一种自然而自信的感觉，抓住了人物的本性和灵魂。也许这些画作并不符合柯南·道尔的最初设想，但读者立刻对它们产生了好感。夏洛克·福尔摩斯获得了独一无二的辨识度。佩吉特保留了他的"鹰钩鼻"，但给了他更丰满的体形和更自信的姿态，令他更有魅力。柯南·道尔声称这位插画家是根据自己的弟弟阿瑟·佩吉特的形象来绘制福尔摩斯的。而留着胡子的华生医生打扮得甚至比福尔摩斯更加体面，也许这是为了体现"女性"属于"他的研究范围"。

佩吉特的第一幅福尔摩斯插画也显示他擅长选择合适的场景来表现故事，且不惮于自行补充柯南·道尔没有提到的细节。作者在文中只提到了几件物品——一把扶手椅、炉火、一盒雪茄、一个酒壶和一个汽水瓶（一种装苏打水的容器）。虽然只有寥寥几样东西，但佩吉特仍然进行了选择，只留下了炉火和扶手椅，但他又自己补充了额外的细节，包括背景里的一个衣橱，壁炉上的两盏精致油灯、一座时钟和一个花瓶，

"'I'VE FOUND IT! I'VE FOUND IT!' HE SHOUTED."

9

还有壁炉的栅栏、镶边和火钳。在《铜山毛榉案》中，当福尔摩斯用
"火红的炉渣"点燃他的"樱桃木长烟斗"时，这把火钳又出现了一次。
佩吉特在插画中使用了一系列与 221B 号联系在一起的常规道具，尤其
是椅子和沙发。在阅读故事的过程中，读者了解到了咨询室各个角落的
更多细节，但它们很少会被关联在一起，所以这个空间的整体情况和大

小仍然是模糊的。佩吉特选择专注于人物的形态，只描绘一些近处的物体。背景则一直是模糊的，甚至经常是空白的。

在 19 世纪 90 年代，《斯特兰德杂志》采用过数种不同的图画形式，其中最多的是传统意义上的版画，画面中的阴影和形状都由轮廓线和影线勾勒出来。杂志雇用的制版师将插画家提供的插图制作出来。佩吉特尤其擅长用明暗不同的灰色和黑色涂层自由地描绘画面。对现存的佩吉特画作的研究表明，图画中一些细微的地方采用了白色的水彩涂层，以突出受到光照的部分和对比强烈的部分。在著名的《巴斯克维尔的猎犬》的整页插图中可以清楚地看到这一点：猎犬的头部和吻部周围勾了一圈白色的轮廓，生动地体现了它鬼魅和可怕的感觉。在这个例子中，佩吉特还在画的背面给制版师留下了说明，要求他"让背景的雾尽可能单调"，这意味着他不想让任何东西分散读者对前景中那头发光的猎犬的注意力。

每一期杂志开头的整页图片给了插画家一个进行戏剧性视觉表现的机会。第一个配有整页插图的夏洛克·福尔摩斯故事是《最后一案》。这幅画捕捉到了莫里亚蒂与福尔摩斯在赖兴巴赫瀑布对决的戏剧性的一幕。画作名为《夏洛克·福尔摩斯之死》，这让读者对故事的结局有了清楚的认识；柯南·道尔认为这样做并不妥当，因为这剥夺了故事的戏剧性结尾带来的意外感。在另一幅描绘《第二块血迹》中场景的全页插图里，夏洛克·福尔摩斯和华生医生被表现得非常清晰。福尔摩斯戏剧性地在地板上发现了一个暗格，华生医生则戴着圆顶礼帽在旁边看着，画中的主要背景是光可鉴人的地板。从插画原件中可以看出，佩吉特巧妙地用水彩涂层绘制出了地板上的倒影，并勾出了背景中展示柜里的花瓶和桌子上的花钵。

制版师处理佩吉特画作的方式各不相同。在《冒险史》前 12 篇故事的 104 幅插画中，除了一幅之外，佩吉特那种流畅的、类似速写的笔触都是使用网目凸版腐蚀法直接再现的，这使得画作中微妙的细节得以保留和精确地再现。印刷的插图是由许多非常小的网点组成的，放大后可

它像一个盒盖一样向后打开了
《第二块血迹》，铅笔水彩画，
《斯特兰德杂志》
1904 年 12 月
悉尼·佩吉特

以看见这些网点。网点是通过在拍摄画作的副本时，在镜头和印版之间放一块网屏来制作的。专业的照相制版师将对这块印版进一步加工。他们的任务是保留佩吉特原始画作的质量，同时强化可能在印刷过程中丢失或模糊的细节。除了佩吉特显眼的"SP"签名，我们还可以通过插画上的首字母缩写和名字辨认出若干家制版公司，包括斯温公司、沃特洛父子有限责任公司和黑尔公司。已知最早的佩吉特现存画作发表于1891年 8 月，所配文字为"整个下午他都坐在前排座位上"；这幅画描绘的是夏洛克·福尔摩斯在圣詹姆斯音乐厅欣赏音乐会的情景，佩吉特原作中的所有不同元素都被保留了下来。制版师（可能是沃特洛父子有限责任公司的雇员，虽然《斯特兰德杂志》中印刷的插画上没有标识）增强了福尔摩斯头发上的高光和他裤子上的条纹。为了适应杂志版面，这幅画被大大缩小了，而最初的意图一定是将它放在两栏文本的中间。这幅画同其他许多画作一样，成功地捕捉到了故事叙述中的一个瞬间，将柯南·道尔的描述转化为视觉表现。佩吉特在描绘夏洛克·福尔摩斯的脸部和姿势时关注的最重要的句子是"沉浸在无与伦比的幸福中"，"那温柔的笑脸"和他似乎随时准备"随着音乐轻轻摆动"的"修长的手指"。

一张对轮廓线和影线的处理更符合制版标准的画作上签有保罗·瑙曼的名字，他是一位刚在伦敦定居不久的优秀的德国制版师。那是一张生动的图画，描绘的是福尔摩斯假扮成"天真淳朴的新教牧师"的样子，他正试图在自己设计的打斗中保护刚从马车上下来的艾琳·阿德勒。目前还不清楚为什么之后组成《回忆录》的所有故事中，插画的制版师都换成了瑙曼。这可能与部分插画复制品参差不齐的质量有关。有一些插画看起来脏兮兮、斑斑点点的，这表明网目凸版腐蚀法出了某种差错，或者是印刷时油墨的附着情况不佳。而在瑙曼的制版过程中，这些情况发生的概率变小了，因此图画也变得更清晰、更精细。瑙曼很有可能在他的制版方法中采用了某些摄影流程。在他最优秀的作品中，他成功地保留了佩吉特作品的流畅性和流动性，同时又提升了印刷页面上插图的清晰度。这一点我们在比较3幅以火车车厢为背景的早期插图时可以看出来。1891年10月由斯温制版的《博斯科姆比溪谷秘案》插图保留了一种粗略的风格，而瑙曼的两个版本，1892年12月的《银色马》插图和1893年10月的《海军协定》插图，则更细致、更清晰。3幅画都成功地捕捉到了车厢中的场景，但各自的表现方式有所不同。当然，这也少不了佩吉特本人的功劳，他让两个角色在车厢里面对面坐在一起，完美地呈现了这些画面。《银色马》的插图展示了头等车厢里更宽敞的空间，这是柯南·道尔在文中特别提到过的，而《海军协定》插图中福尔摩斯和华生放腿的空间更小，表明他们坐的是二等车厢。

从两个人物的衣着来看，这几幅画也十分耐人寻味。《博斯科姆比溪谷秘案》的插画中福尔摩斯首次戴上了猎鹿帽。柯南·道尔的描写中他穿着"一件灰色长款旅行斗篷，头上紧紧扣着一顶休闲帽"。是佩吉特将这段描述阐释为一顶猎鹿帽，并加上了配套的粗花呢外套。对于一名离开大都市，到乡下去调查案件，并准备寻找和追踪证据的侦探来说，这身行头是很合适的。在插画中，他先是仔细地检视了一双靴子，

"WE HAD THE CARRIAGE TO OURSELVES."

＊

我们占了整个车厢
《博斯科姆比溪谷秘案》，
《斯特兰德杂志》
1891 年 10 月
悉尼·佩吉特

"THE VIEW WAS SORDID ENOUGH."

"HOLMES GAVE ME A SKETCH OF THE EVENTS."

然后趴在地上专注地研究起脚印来。这些服装以一种代表性的方式揭示了一个不同的夏洛克·福尔摩斯，他抛弃了自己平常穿的都市服装，换上了猎人的装扮：

当夏洛克·福尔摩斯这样全神贯注地追踪线索时，他整个人都变了。只认识贝克街那个安静的思想家和逻辑学家的人一定无法认出现在的他。他的面颊时而涨得通红，时而阴沉得发黑。他的眉毛扯成两条坚硬的黑线，下面的眼睛里闪烁着钢铁般的光芒。他面孔朝下，双肩低垂，嘴唇抿紧，细长结实的脖子上血管像鞭绳一样突出。他的鼻孔似乎因为一种纯粹的动物性的追逐欲望而张大，他的头脑完完全全集中在当下的问题上，以至于任何问题或评论都会被他当作耳边风，充其量只会招来一声不耐烦的低吼。

柯南·道尔有时会详细描绘福尔摩斯、华生医生以及故事中其他人物所穿的衣服，然而是佩吉特补充了他们穿衣风格的细节。他总是让福尔摩斯戴着扁平的领结和翻领，而华生则总是戴立领和更复杂的领带。这方面的处理，再加上他们各自的面部外观和身材比例，让读者可以在两个角色一起出现在画中时立刻将他们分辨出来。

这种区别让 19 世纪晚期的读者解读起来毫无问题，不过对于 21 世纪的读者来说，这意味着什么就没那么清楚了。夏洛克·福尔摩斯的衣领和领结跟华生的相比更加休闲，也没有那么时尚。然而当他们穿着晨衣和大衣的时候，他们是受人尊敬的、衣着讲究的绅士阶层的代表，在伦敦西区和大都市的金融区、商业区时常能看见这类人士。

至于休闲装束，夏洛克·福尔摩斯在室内经常会脱掉大衣和马甲，穿一件有口袋的晨衣。这件晨衣与他性格中的两个对立面都有联系。一方面，它意味着一种休闲放松的模式，让他擅长分析的大脑能在巅峰状态运转。晨衣变成了这位侦探的吸烟服。当他在脑海中思考不同的问题时，他将烟草作为一种强力的兴奋剂，同时也用它来摒除干扰，使他能

玫瑰是一种多可爱的东西啊
《海军协定》，《斯特兰德杂志》
1893 年 10 月
悉尼·佩吉特

全神贯注：

"去吸烟，"他答道，"这是一个抽 3 斗烟草才能解决的问题，我请求你 50 分钟内不要和我说话。"他蜷在椅子里，瘦削的膝盖收到鹰钩鼻下，闭眼坐着，他的黑色陶烟斗像某种怪鸟的鸟喙一样伸出来。我以为他睡着了，我自己也打起了瞌睡，这时他突然从椅子上一跃而起，一副决心已定的架势，然后将烟斗放到了壁炉架上。

✳
烟斗还叼在他的嘴里
《歪唇男人》，《斯特兰德杂志》
1891 年 12 月
悉尼·佩吉特

另一方面，晨衣同时也暗示了他波希米亚主义的性格，与混乱、懒散和无所事事联系在一起。他在进行科学实验的时候穿着晨衣，在"胡乱拉奏小提琴"的时候毫无疑问也穿着晨衣。佩吉特描绘了这几种经典姿势下的福尔摩斯，后来的戏剧和改编电影中都采用了这些姿态。

插图中出现的另一种独特的服装类型是福尔摩斯的各式伪装。在第一个发表于《斯特兰德杂志》的故事里，佩吉特画了扮成"醉醺醺的车夫"和"天真淳朴的新教牧师"的福尔摩斯。在《歪唇男人》中，画里的福尔摩斯戴着假发，蹲在鸦片窝里的一个火盆旁边。最精致的插画也

＊
我年迈的意大利朋友
《最后一案》，《斯特兰德杂志》
1893 年 12 月
悉尼·佩吉特

＊
我年迈的意大利朋友
《最后一案》，钢笔水彩画
1893 年
悉尼·佩吉特

许是出现在《最后一案》中的一幅，华生医生被画中扮成"年迈的牧师"的福尔摩斯吓了一跳。华生在维多利亚站的站台上帮助了他，这位"德高望重的意大利牧师"进了华生预订的车厢并坐在了对面，华生却无法与他交流。华生医生完全被福尔摩斯的伪装骗过去了。是佩吉特诠释了服装的细节，并突出了福尔摩斯的姿势。柯南·道尔描述了火车开车时，福尔摩斯脱下他"黑色教士袍和帽子"的伪装，将它们收进"一只手提袋"的情景。从图中——特别是在佩吉特的水彩画原作中——我们可以看到，福尔摩斯双手握着拐杖头，表明他仍然在扮演老牧师的角色。他的专注和沉静也在提醒读者，这位大侦探善于分析的头脑还在运

✳
我们发现自己来到了内室
《证券经纪人的秘书》，《斯特兰德杂志》
1893 年 3 月
悉尼·佩吉特

✳
没用的，约翰·克莱
《红发会》，《斯特兰德杂志》
1891 年 8 月
悉尼·佩吉特

作。车厢的座套、窗帘和隔断，以及福尔摩斯旁边放着"手提袋"这一细节，都被精心描绘了出来。画作中流动性的背景与福尔摩斯精细绘制的脸部形成了鲜明的对比。

《斯特兰德杂志》里的福尔摩斯插图分为两种截然不同的类型——以贝克街 221B 号或华生医生寓所的室内场景为背景的，和那些描绘冒险发生处的场景的。后者中有一部分描绘了一名客户或警探在贝克街向福尔摩斯和华生讲述的，发生在某个遥远的地方的事件。最令人难忘的是那些描绘夏洛克·福尔摩斯和华生医生在一起的情景的插图。佩吉特十分精明，总能从故事中挑选出最好的场景和瞬间来表现。无论他们是坐着，站着，随意地舒展身体，交谈，研究某个奇特的物体或一封信件，阅读报纸或沉入梦乡，佩吉特都成功地建立起了两个人之间的熟悉感，同时又赋予了他们各自的性格特点和行为习惯。他能将人物的姿态描绘得十分自然，使其既真实可信又具有自身的特点，这一技巧让他在其他许多插画家中脱颖而出。作为行动派的福尔摩斯也出现在许多画作中。人们会想到这位侦探在《红发会》中"冲出来"逮捕约翰·克莱，在《斑点带子案》中"疯狂"地击打"沼地蝰蛇"，或在《绿玉皇冠案》

特雷弗以前会来询问我的情况
《"格洛里亚·斯科特"号三桅帆船》，《斯特兰德杂志》
1893 年 4 月
悉尼·佩吉特

"再没有什么更好的了。"福尔摩斯说
《证券经纪人的秘书》，《斯特兰德杂志》
1893 年 3 月
悉尼·佩吉特

中用手枪敲击乔治·伯恩韦尔爵士的头。

　　从 1893 年 12 月到 1901 年 8 月，有 7 年多的时间里没有新的福尔摩斯故事发表。佩吉特继续受雇于《斯特兰德杂志》，为其他作家的作品绘制插画，包括阿瑟·莫里森的"侦探马丁·休伊特"系列故事。杂志希望这个系列能帮助填补福尔摩斯留下的空白。然而，佩吉特并没有为柯南·道尔于 1894 年到 1895 年发表在《斯特兰德杂志》上的"杰勒德准将"系列故事绘制插图，不过他确实为柯南·道尔 1896 年的小说

✳

身穿花呢服装，头戴猎鹿帽的威廉·吉列特

1900 年

CHARACTER SKETCH OF SHERLOCK HOLMES—ACT II

✳

威廉·吉列特

夏洛克·福尔摩斯——第二幕的角色速写

约 1900 年

138

《罗德尼·斯通》和 1897 年的《"克洛斯科"号惨案》，以及 1898 年到 1899 年间的短篇小说提供了插图，这些作品全部发表在《斯特兰德杂志》上。1897 年，柯南·道尔委托佩吉特为自己画肖像画，这一举措表明他相信他的朋友能忠实地呈现自己的外表和特质。

柯南·道尔在 1893 年写死了侦探之后，并没有打算让他复活。尽管如此，5 年后，他还是准备了一出由几个故事的选段合并而成的夏洛克·福尔摩斯舞台剧剧本，因为他相信这能帮自己赚到钱，虽然他也隐隐担忧这会影响自己作为一个严肃作家的地位。他的舞台剧没能成形，但就在同一年，演员威廉·吉列特在柯南·道尔的认可下改编了夏洛克·福尔摩斯的故事，并将其搬上了舞台。吉列特对福尔摩斯的诠释十分新颖，他赋予了福尔摩斯一种魅力，这种魅力在柯南·道尔的文本中并不存在，在悉尼·佩吉特的画作中也只是稍有暗示。福尔摩斯以一种全新的、令人难忘的方式被人格化了，而一件道具——一只弯嘴烟斗——从那时起就变成了他的代名词。在服装方面，他穿得很漂亮，连他的晨衣都相当时髦。1901 年，当吉列特在德鲁里巷的兰心剧院扮演福尔摩斯，并获得观众的一致好评时（虽然批评家们对他的表演和这部戏剧都不感冒），柯南·道尔正在创作一部新的福尔摩斯中篇小说——《巴斯克维尔的猎犬》。他与佩吉特重新开始亲密合作，就好像距离福尔摩斯上一次出现还没过去多久一样。小说在《斯特兰德杂志》上分 9 期发表完，佩吉特的 60 张插图巧妙地呈现了故事的神秘感和令人兴奋之处，同时描绘出了许多福尔摩斯为人熟知的姿势，比如他沉思和寻找线索的样子，以及最后作为一个行动派，将"他左轮手枪的 5 发子弹全打进那个生物的侧腹"的情景。事实证明，《巴斯克维尔的猎犬》是迄今为止他们作为作家和插画家最伟大、最成功的合作成果。

1903 年到 1904 年，一系列福尔摩斯故事随之发表，佩吉特为此提供了 95 张插图，与柯南·道尔的作品相得益彰。很难判断这些故事的具体影响力如何，但许多报道都证实了大众迫不及待地要读这些故事。电影导演迈克尔·鲍威尔记得他叔叔和祖父跟他描绘过，在伦敦南部的

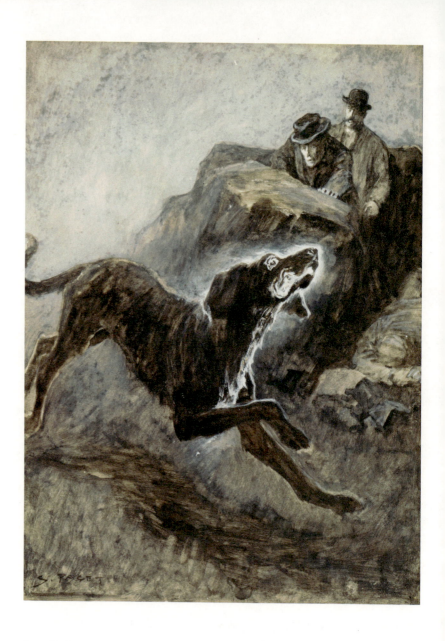

福里斯特希尔站,每个候车的乘客都"把头埋在《斯特兰德杂志》里,如饥似渴地阅读最新的(夏洛克·福尔摩斯)冒险故事"的场面。鲍威尔认为,佩吉特的插图"在创造这个不朽的民间传说人物的过程中,与文字作出了同等的贡献"。

在这个时候,流行文化中对夏洛克·福尔摩斯的刻画变得更加复杂。弗雷德里克·多尔·斯蒂尔受美国杂志《科里尔周刊》的委托,为

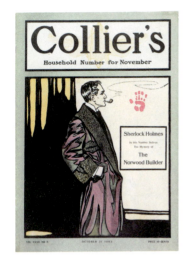

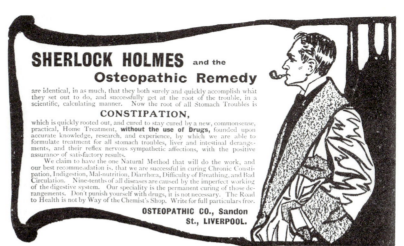

以《诺伍德的建筑师》为主题的
《科里尔周刊》封面
1903 年 10 月
弗雷德里克·多尔·斯蒂尔

骨疗手法广告
《斯特兰德杂志》
1903 年 12 月

同样的系列故事创作插画，而他对这位侦探的诠释是以威廉·吉列特在舞台上塑造的形象为基础的。在一系列绝妙的彩色封面图和许多黑白插画中，他描绘了许多特征鲜明的福尔摩斯侧面像和姿势，为这位侦探的形象开创了一种不同的呈现方式。现在就有了两种描绘夏洛克·福尔摩斯的方式，它们都很重要而且互相竞争。在《斯特兰德杂志》1903 年 12 月刊中，它们（也许是第一次）一起出现了。佩吉特的夏洛克·福尔摩斯出现在《跳舞的人》里，而斯蒂尔绘制的侦探侧面像则出现在一则宣传家庭骨疗手法的广告中。直至今天，改编的电影和电视剧对这两种视觉解读还都有所采用。1908 年，年仅 47 岁的悉尼·佩吉特去世了，但《斯特兰德杂志》后来的插画家们仍然忠实于他对这位侦探的形象的理解。佩吉特是第一位将夏洛克·福尔摩斯的样子确定下来的插画家，他在创造世界上最具标志性的流行人物之一的过程中，扮演了决定性的角色。

一个矮小干瘦的男人冲了出来
《诺伍德的建筑师》,《斯特兰德杂志》
1903 年 11 月
悉尼·佩吉特

以下各页:《与柯南·道尔医生
共度的一天》
《斯特兰德杂志》
1892 年 8 月

与柯南·道尔医生共度的一天

哈里·豪 著

柯南·道尔医生与夫人
埃利奥特暨弗莱公司 摄

当下最时髦的侦探小说——这是柯南·道尔医生的馈赠。我们很快厌倦了老派侦探代表，他充其量不过凡人一个，况且，这么多线索摆在眼前，哪怕普通人也能轻而易举地锁定罪犯，实在无须劳烦警察和私家咨询侦探。夏洛克·福尔摩斯踏上了刑事舞台，一开始便洞明线索，从不偏离。这个福尔摩斯，是个绝顶聪明的家伙，处变不惊，精于算计，能从毛线球里捕捉谋杀案的线索，于牛奶碟中洞见罪证。我们视而不见的琐碎小事却逃不过他的法眼。他精明狡猾，哪怕一开始便已洞悉一切，也要费尽心思将悬念保留到故事末了。从未有人像福尔摩斯一样，抛出一桩疑案，叫人绞尽脑汁，最终不得不缴械投降。

这便是我在前往柯南·道尔医生的寓所途中所想。寓所位于南诺伍德，红砖搭建，结构精巧，朴实无华。现实生活中的道尔医生全然出乎我的意料，不过这也确在情理之中。没有如炬的双眼，周身全无"侦探气息"——甚至步态也不似我们那位排疑解惑的现代大侦探。他不过是个其貌不扬的人，亲切和蔼，身材高大，肩膀宽阔，而且热情好客，手握得你生疼。他喜爱参与各类户外运动——足球、网球、草地滚球，还有板球，因此皮肤晒得黝黑。这一季，他击球的平均命中率为20%。此外，他还是个出色的业余摄影师。不过，他最喜爱的锻炼方式还是骑三轮脚踏车。最令他开心的莫过于同妻子骑着双人自行车去兜风，一骑便是30英里；或是让他3岁的女儿玛丽坐在前座上，推着她在自家花园的草坪上嬉戏。

道尔医生及其夫人，一位充满魅力的女性，先带我参观了他们的寓所。书房位于僻静的一角，墙上挂着许多精彩的画作，

柯南·道尔医生的寓所
埃利奥特暨弗莱公司 摄

出自他父亲之手。道尔医生出身艺术门第。祖父约翰·道尔是当时著名的讽刺画家，他以"H. B."为化名创作了一系列政治讽刺画，在长达30多年的时间里，没有人知道他的真实身份。其中一些画作，被政府以1000英镑的高价购入，现藏于大英博物馆内。门厅内还摆放着这位艺术家的半身像。约翰·道尔的几个儿子也都是艺术家。理查德·道尔（熟识的人唤他"迪基·道尔"）是杂志《笨拙》的封面设计者，封面一角还有他的签名，是一个大写的字母D，顶上绘有一只小鸟。书房壁炉台上，挨着J. M. 巴里的自画像，摆着一幅饶有趣味的素描画。此画为约翰·道尔所作，描绘的是年仅6岁的女王乘马车游海德公园的场景。据说小公主发现老约翰·道尔在给她画速

书房
埃利奥特暨弗莱公司 摄

《6 岁的维多利亚女王》
约翰·道尔 绘

写，便优雅地命马车停下，以便画家作画。

餐厅墙壁上挂着几幅精美的油画，为道尔夫人的兄弟所作。大书柜顶端摆放着几个极地狩猎战利品，是房子主人从更为寒冷的地方带来的。客厅小而精美，有舒适的靠椅、提神的下午茶、美味的面包片和黄油。兴许你还能注意到去年英国板球队前往荷兰参赛的照片，道尔医生也在其中。他父亲拍摄的照片随处可见。

客厅
埃利奥特暨弗莱公司 摄

我俩点上雪茄，回到书房坐下。

道尔医生 1859 年出生于爱丁堡，9 岁时被送往兰开夏郡的斯托尼赫斯特，在那儿他成了校刊编辑，也写些诗。去奥地利前的 7 年里，他一直待在那里。他在奥地利结识了些英国男孩，创办了第二本刊物。刊物信奉"提起笔杆，不要畏惧"的箴言，一些论点过于大胆直白。其中一篇社论更是将矛头直指学校擅自拆看学生信件的不义之举，言辞激烈，致使刊物负责人被送上军事法庭，后期出版更是惨遭叫停。17 岁那年，道尔医生回到爱丁堡学医。19 岁时，他向《钱伯斯杂志》投了一篇题为《赛沙沙山谷之谜》的短篇小说。这是他第一次真正意义上的写作尝试，为此还收到了 3 几尼[1] 稿费。

埃及总督的晚餐盘
埃利奥特暨弗莱公司 摄

"看到角落里的那块饰板了吗？"道尔医生说着，取下一个蓝白相间的大盘子，"这是已故埃及总督的晚餐盘。离开朴次茅斯时，昔日的一个病人来道别，送了我这个，以作纪念。炮轰亚历山大时，她儿子是'不屈'号战舰上的一名水手，小伙子年轻力壮。总督府叫炮弹炸了个洞，这孩子登陆时发现了，便爬了进去，岂料到了总督大人的厨房里！他不免起了趁火打劫之意，便抓起这只盘子，又爬了出去。老太太说这是她最值钱的东西了，硬让我收下。我总时不时想起这事儿。"

道尔夫人及女儿
柯南·道尔医生 摄

"我到 21 岁，都还是个学生，"道尔医生说，"白天学医，晚上偶尔动笔。这时，碰巧有机会随捕鲸船去北冰洋，我决定暂时放一放学业，出海去。那些地区的气候多么令人向往啊！我们在这儿根本想象不到。倒不是说冷，而是说它有益健康。我相信，那里日后会成为世界的疗养院。远离城市烟雾，空气质量全球最佳，等其他地方不能提供他们想要的空气时，那些体弱多病的人便会去那儿。北极那清新宜人的空气，着实不可思议，他们不久便能精神抖擞，精力充沛了。

"捕鲸嘛，总免不了打猎、拳击，我便带了几双拳

---

[1]　英国金币名，当时应已停铸，但仍可用于计价。

击手套，到了晚上，还和船员在锅炉舱打拳来着，真是痛快。返航后，我回到爱丁堡，继续学医。在那儿，我遇到一个人，让我有了创作福尔摩斯故事的念头——这儿有张他当年的肖像画，他现在还住在爱丁堡，精神好着呢。"

我看了一眼，画上是约瑟夫·贝尔先生，一名医学博士，几个月前我在爱丁堡听布莱基教授提起过。"我在贝尔先生手下做职员，"道尔医生接着说道，"工作内容大体是挨个登记来看病的人的信息，让他们集合，一般能有七八十个。完了，领他们去见贝尔先生。他身旁总是围着一群学生。他的直觉着实令人称奇。一号病人会走上前去。

"'依我看，'贝尔先生说，'你这是饮酒所致。你看你，大衣内袋里还藏着个酒瓶子。'

"二号病人凑上前。

"'依我看，你是个鞋匠。'说着他转身向学生们指出，这个病人膝盖内侧的裤子都磨破了。鞋匠往往把垫石夹在两膝之间，因此膝盖内侧裤子的磨损是他们的一大特点。

"这一切叫我印象深刻。他的形象不时浮现在我眼前——面部特征明显，鹰钩鼻，敏锐的灰色双眸洞察一切。他常坐在椅子上，十个指尖对着——他的双手很是灵活，就这么看着面前的男男女女。他对学生和蔼可亲、关怀备至——可谓良师益友，我拿到学位后便前往非洲，老师非

柯南·道尔医生
埃利奥特暨弗莱公司 摄

凡的个性、机敏的才智给我留下了深刻、持久的印象，虽然当时我压根儿没想到，有一天我会因此弃医从文。"

1882年，道尔医生在绍斯西开馆行医，一开便是8年。渐渐地，文学分散了他对开方配药的注意力。在成为家喻户晓的作家前的这8年里，他在业余时间为畅销杂志写了五六十个短篇故事。其中一些故事被收录进一本名为《"北极星"号船长》的集子里，前后出了有4版。像他这般头脑极富创造力的人怎会错过创作小说的机会呢？关于老师的记忆再一次被唤醒。他创作了《血字的研究》，小说几经退稿，终被作者以25英镑的价格直接售出。随后他以蒙茅斯叛乱为背景创作的《迈卡·克拉克》则大获成功。后来出版的《四签名》大大提高了作者的声望。夏洛克·福尔摩斯的疑案难题很讨读者喜欢，很快便激起了他们浓厚的兴趣，他们热切盼望着这位著名大侦探为他们侦破每一宗新迷案。不过，可以这么说，福尔摩斯曾一度被搁置了。

"我决定，"道尔医生说，"充分发掘我身为作家的潜力。不要忘了我当时还在行医。可以说，小说写作是种令人愉快的消遣，我甚至觉得，这一消遣终将转变成一份职业。我花了两年时间研究14世纪英格兰人民的生活，这一时期，在爱德华三世的统治下，英格兰正处于全盛时期。然而小说中对这一段历史却鲜有涉及，为此我不得不事事查找早期文献。我着手重现弓箭手斯科特的形象，在我看

As to my companion neither the country nor the sea presented the slightest attraction to him. He loved to lie in the very centre of five millions of people with his filaments stretching out and running through them, responsive to every little rumour or suspicion of unsolved crime.

《冒险史》手稿（局部）

来，他是英格兰历史上最吸引人的人物。当然，作为一名亡命之徒，他确实无可匹敌。然而，让他名垂青史的并非他亡命之徒的身份。他首先是一名士兵，一名世上不可多得的士兵——粗鲁，嗜酒成性，满口粗话，却英勇无双，充满野兽精神。当时的英格兰弓箭手一定是些相当出众的人，就连骁勇善战的法国军队，最终也放弃抵御，任由英格兰军队在他们的国土上畅行。在西班牙和苏格兰，情况也是如此。我认为，比之于通常描述里的形象，历史上的骑士更贴近人。气力与他们的骑士品质毫不相干。最著名的骑士中有一些人身体非常虚弱。钱多斯被看作欧洲第一

骑士时已年逾八旬。我对该时期的研究最终促成了作品《白色纵队》，相信已经出了许多版了。

"我决心关闭绍斯西的诊所，到伦敦去，做一名眼科医生——医学的这一分支，我尤其喜欢。我先后到巴黎和维也纳学习，在维也纳时，写了《拉弗尔·霍斯轶事》。回到伦敦后，我在上温坡街租了个房子，开始挂牌行医。不过陆陆续续有杂志约稿，3 个月后我索性放弃行医，到诺伍德，为《斯特兰德杂志》写稿。"

这一趟，我也了解到不少关于《冒险史》的趣事。道尔医生总是先设想好结局，再接着往下写。写到高潮部分时，他的高明之处在于巧妙地将真相瞒过读者的慧眼。创作一个故事——类似于本文中提到的——约略需要一周时间，而灵感随时可能出现——或是外出散步时，或是打板球时，或是骑三轮车时，又或是打网球的时候。早饭和午饭间的几个小时，以及下午 5 点到晚上 8 点，他都在埋头写作，一天约莫 3000 字。读者也给他提供了不少建议。就在我拜访他的那天早上，新西兰的读者来信，提供了一起投毒案件的相关细节；而前一天，布里斯托尔的读者寄来一大包文件，均与一份充满争议的遗嘱相关。不过，这些建议少有行得通的。另一些信则来自一些阅读了最新的连载小说的读者，多是在猜测故事中疑案的真相。关于为何近期不再创作新的福尔摩斯故事，他给出的理由倒也真诚。他怕毁了自己钟爱的角色，不过他说已积攒了足够的素材，足以支撑他写完下一个系列，并兴冲冲地向我保证，将于本杂志上刊载的夏洛克·福尔摩斯新系列的开篇故事是一个难解之谜，他甚至和夫人打赌，赌注为 1 先令 [1]，不到章节结束，她绝对猜不到真相！

拜访道尔医生后，我去信联系了身在爱丁堡的约瑟夫·贝尔先生，正是他的足智多谋激发了昔日学生创作夏洛克·福尔摩斯故事的灵感。他的回信很是有趣，特全文附上，内容如下：

I   英国旧辅币名，1 先令等于 0.05 英镑。

爱丁堡，梅尔维尔新月街 2 号，1892 年 6 月 16 日

尊敬的先生：

您信中提到，柯南·道尔医生谈及他的理想人物"夏洛克·福尔摩斯"时，提到了我对他的教诲，那是道尔有心了。柯南·道尔医生凭借自己非凡的想象力，创造了这个经典的角色，我起到的作用是微不足道的。他不忘昔日的老师，这份温暖的心意，更为作品增色添彩。指导学生治病救急时，任何一个细心的老师都会先给学生示范如何准确地诊断病情，这多需要快速而又准确地辨别病人有别于强健者之细微处。事实上，老师必须指导学生学会观察。为了激发他对这类工作的兴趣，我们老师认为有必要向学生示范如何训练有素地使用观察力，从平常事物中获取病人的病史、国籍和职业等信息。

你若一眼便摸清他的过往，便能打动病人，令他相信你日后为他诊病治疗的能力。这一切比一开始看起来的要容易得多。

例如，凭外貌可以识国籍，依口音能辨地区，训练有素的耳朵甚至还能准确定位到具体某个乡村。几乎每一种手艺都将自己的签名刻在了手艺人的双手上。矿工的疤痕有别于采石工的，木匠手上的老茧不同于石匠的，鞋匠和裁缝更是大不相同。

士兵与水手的步态有异，不过，上个月我只得告诉一个自称士兵的人他年少时做过水手。这样的例子举不胜举：

约瑟夫·贝尔先生

A. 斯旺·华生 摄于爱丁堡

手上或是手臂上的文身诉说着人们的航行经历，成功的移居者的表链纹饰会向你透露他的发迹地。一个新西兰牧场主不会佩戴印度金币，而一个印度铁道工程师也不会佩戴毛利石。同理，时时精确地调动感官，你便会发现不少外科病人在踏进诊室时，也把他的过往史，不论是国家的、社会的，还是医疗的，带了进来。在这薄弱的基础上，柯南·道尔医生凭借自己的天赋和出色的想象力创作出与众不同的侦探小说，而我的功劳远不及他所想的那么大。

约瑟夫·贝尔

敬上

福尔摩斯的艺术：
"伦敦的空气因我的存在而更加清新"

帕特·哈代 著

伦敦是夏洛克·福尔摩斯故事的核心背景。这里的街道、酒店、火车站，故事中再三提及，如数家珍。一提起夏洛克·福尔摩斯故事里的伦敦，一个特定的城市形象自然而然映入脑海——一个烟雾弥漫、拥挤不堪的大都市，形形色色的异国人来来往往；在这个全球帝国的心脏，矗立着议会大厦等标志性建筑，代表着这个城市的本真与韵味。从斯特兰德大街、朗廷酒店、滑铁卢站到贝克街 221B 号、世界酒店、第欧根尼俱乐部，福尔摩斯的故事在真实的场所与虚构的地点之间自然地穿梭，模糊了虚实界限，也塑造了一个神秘的伦敦形象。这一形象一跃成为主流，不仅影响着我们对作为故事背景的 19 世纪晚期伦敦的解读，也间接影响了当代对福尔摩斯故事的改编。

这一形象之所以经久不衰，得归功于 19 世纪晚期出现的以伦敦为主题的艺术作品。作为当时世界上最负盛名的**现代**都市，伦敦是无数梦想跻身现代派的艺术家的重要聚集地。他们从林立的新式建筑、街上川流不息的人潮与出租车流中找到了引人入胜的艺术形式。为了**了解**这个城市，艺术家们一方面致力于建构一个能将整个城市尽收眼底的全景视角，让一切一览无余，豁然贯通，一如约翰·克劳瑟在 1890 年左右绘制的《大火纪念碑顶端全景图》；而另一方面，他们亦注重融入街头生活，以路面行人的视角移步换景，围绕街景一一展开。有序的设计与无章的偶然交互碰撞，成为破译城市美学中的现代性的关键所在，这也意味着一种观察这个城市的崭新的方式。正如艺术家们开发新的创意和技巧，以描绘这座帝国之都中的这一现象一样，夏洛克·福尔摩斯的故

《大火纪念碑顶端全景图》
水彩画
约1890年
约翰·克劳瑟

事也为展现这个城市的二元特征而生。故事的人物、场景及情节在柯南·道尔的设计下极具典型化特征，但又裹上了一层哥特式的神秘外衣，其间天气和光线发挥着积极的作用，牵着读者的情感朝特定的方向发展。一边是对一个巨大的、杂乱延伸着的、令人眼花缭乱的城市几近详细的描述，另一边是天气强大的自然力（这两者服务于夏洛克·福尔摩斯的演绎能力，贯穿小说的始终），它们的相互作用汇成了福尔摩斯小说以及19世纪晚期诞生的艺术的引导力量。为描绘这个时期的伦敦，艺术家有意用美学的迷雾弱化了丑陋之处，同时保留了关键的地标。在伦敦这个大背景中安排他的故事场景和环境气氛时，柯南·道尔似乎采用了类似的手法。

　　居高临下、留足余地的概览与置身街道人群间的渴望相结合，这种观察城市的二元方法在描绘其他现代城市（例如巴黎）的文学与绘画作品中亦不少见。可以说，伦敦的天气，即工业发展带来的烟雾及其对光线的影响，使得艺术家们慕名而来，并流连忘返。从外国远道而来的艺术家和摄影师包括克劳德·莫奈、詹姆斯·麦克尼尔·惠斯勒、约瑟夫·彭内尔和阿尔文·兰登·科伯恩，他们都希望独辟蹊径，以描绘这些转瞬即逝的效果，捕捉所知所感，而非记录其地形情况。他们别具情致的洞察是永恒的，其作品无法以任何特定的顺序解读，它们展现了对特定时代背景下一个真实地方的一系列主观反应。然而，一味强调伦敦的永恒之美似乎与约翰·奥康纳和约翰·阿特金森·格里姆肖等英国艺术家创作的景象背道而驰，他们将审美化的城市与其所在时代本真的、真实的细节结合起来。这些艺术家可以说代表了夏洛克·福尔摩斯时代的伦敦，他们的作品值得我们从福尔摩斯的艺术角度进行探讨。

早在1900年的巴黎**世界博览会**上，大不列颠就展出了276件绘画作品，这个时期的英国艺术仿佛是夹在前拉斐尔派与现代派之间不尴不尬的插曲，难免叫人失望。博览会上英国展区的解说员评论说英国艺术时好时坏，这一观点一直延续至今。尽管有以约翰·莱弗里、威廉·奎勒·奥查森、斯坦诺普·福布斯和乔治·克劳森为代表的自然主义，但参观者仍普遍认为米莱、伯恩-琼斯、莱顿和阿尔玛-达德玛所支配的英国艺术"不时创作出枯燥乏味、陈旧过时、近乎幼稚的玩意儿……英国若不想愧对昨日的荣光，那就必须跳出现有的博物馆、工作室，打破权威，开阔视野！"

尽管这个时期的艺术家，例如莫奈，多半未能参加**世界博览会**，但他们确乎在一刻不停地描绘以伦敦为首的动人心弦的现代都市。许多艺术家以城市为主题进行创作，不断开阔视野，尝试新的艺术手法。而如何描绘伦敦，自然是常被探讨的话题。特里斯特拉姆·詹姆斯·埃利斯在1884年的《艺术期刊》上发表了一篇著名的文章，并扼腕痛惜。在他看来，伦敦唯一值得描绘的现代建筑只有议会大厦和斯特兰德大街上的法院大楼。不过，他也承认这些地标作为著名的标志性建筑确实吸引了不少眼球。的确，议会大厦不断地被描绘，这一现象不单局限于旅游

《从泰晤士河上看威斯敏斯特教
堂、议会大厦和威斯敏斯特大桥》
布面油画
1872 年
约翰·安德森

行业，最早的视觉效果图之一便是约翰·安德森于 1872 年创作的一幅
巨大的夜景图：《从泰晤士河上看威斯敏斯特教堂、议会大厦和威斯敏
斯特大桥》。这一主题的集大成作品为克劳德·莫奈于 1904 年创作的
《穿过薄雾的阳光下的伦敦议会大厦》。绘画、印刷和摄影作品中一再出
现泰晤士河畔的著名地标建筑，这满足了捕捉这个工业城市带来的新的
光影效果的艺术渴望。这种视觉想象中蕴含着一种非常明确的美学，同
夏洛克·福尔摩斯故事中的伦敦景象息息相关。

　　福尔摩斯的伦敦景象中最主要的部分，通常亦是最先被描绘的方
面，便是笼罩着这个城市的雾霭。在 19 世纪晚期，伦敦的雾霭可谓是
独一无二的，此外还有浓浓的工业烟雾频频侵扰，其出现频率于 1886
年至 1890 年间到达顶峰。这一现象因燃烧煤炭而起，工厂、煤气厂和
火车引擎排放的废气，以及泰晤士河上拖船和汽船产生的蒸汽又使其愈
演愈烈。低温燃烧煤炭产生的焦油给晨雾抹上一笔黄色调，这抹色彩随
着日色的变化而愈来愈暗。这浓雾每日各异，一日之内又不尽相同，初

154

来伦敦的人一下便被吸引了，慕名而来的还有许许多多艺术家。其中，克劳德·莫奈在1899年至1902年间就曾3次来到伦敦，只为捕捉这浓雾对城市景观的影响。他的核心理念便是预测这个城市中变幻莫测的部分，并在绘画中强调自然与"印象"。莫奈提到，同其他印象派画家一样，面对自然景观呈现的任何效果，他都必须严阵以待，以最快的速度采取行动，而这意味着他必须具备灵活的技巧，以应对诸多天气情况。他率先提出了序列性理念，围绕同一主题创作多幅画作，以捕捉转瞬即逝的天气现象。然而，这中间也存在许多问题，比如太阳躲在云层后面，而水面上却隐约闪着波光，又如结实稳固的钢铁大桥也会随着奔腾的车流的节奏和速度而颤动，又如轻飘飘的烟雾不时拦腰环绕着大楼。为解决这些矛盾，莫奈通过色彩与颜料的应用、主题的重复，以及垂直线条与水平线条的平衡构图提升了作品结构的凝聚力。

　　沉迷于描绘这稍纵即逝的视觉体验，莫奈创作了一组伦敦景观的奠基之作，包含 95 幅画作。这些作品均在其入住斯特兰德大街附近的萨沃伊酒店期间完成。当时人们普遍认同，这一位置为莫奈描画泰晤士河提供了重要条件。1900 年出版的一本名为《街景之家》的伦敦地标志称赞萨沃伊酒店面朝泰晤士河，坐拥烟波胜景。该书夸耀道，酒店经营着一家全世界最著名、最时髦的餐厅，顾客白天可在此俯瞰美冠欧洲的花园河流景观，等到夜幕降临，则可拥揽童话美景。1899 年，莫奈住

《街景之家》
1900 年
贝蒂·金斯顿等著，
达德利·哈代等配图

156

在酒店 7 楼，次年 2 月及随后的 1901 年，则入住仰角相对较小的 541 和 542 房间。他在两层楼都画了查令十字桥和滑铁卢桥。而且，经允许，他可在河对岸的圣托马斯医院作画，以便获取眺望议会大厦的视野。他整个上午都在萨沃伊酒店中作画，清晨，他潜心描绘滑铁卢桥，到正午时分，则转绘查令十字桥。在萨沃伊烤肉餐厅用过午餐后，下午时分，他步行到对岸的圣托马斯医院，捕捉夕阳下的议会大厦。到 1900 年 3 月底，莫奈手中已有 80 幅创作中的作品。

得益于酒店 6 楼和 7 楼提供的仰角，莫奈无须上街置身行人之中便能描绘人群。莫奈可以展现这俯瞰的视角：街上、桥上人来车往，熙熙攘攘，变幻莫测的风与雾弥漫其间。1902 年的《伦敦查令十字桥》便是这样一幅画作，它是莫奈以查令十字桥为主题，展现清晨光影变化的

37 幅作品之一。这幅作品展示了弥漫在这个城市中的呛人的黄色工业雾气，画面正中是呈直线形状的大桥，桥后是魅影般的议会大厦。在层层叠叠的颜色营造的透视感中，大桥仿佛漂浮于画面之中。莫奈坦言他最喜欢伦敦的大雾。浓雾充斥着他的作品画面，雾中浮现出充满魅力的地标性图案：查令十字桥或议会大厦。1900 年 2 月 26 日，在写给妻子艾丽丝的信中，莫奈提及该画的创作："在破晓时分，起了全然黄色的非凡的浓雾。我画了一幅印象画，觉得还不错。"关于这些画作，艺术评论家奥克塔夫·米尔博写道："所有颜色，不论是柔和的还是明亮的，都重叠在一起。缥缈的倒影，几乎觉察不到的影响，将景物转换甚至扭曲成不可思议的形状。"他分析查令十字桥的画面形象，点评桥两侧巨大的桥塔，随着视线的拉远，它们好似要蒸发了一般，而在更远处，"那柔和的剪影，让人联想到拥挤的住房和喧嚣的工厂"。火车轰隆过桥："滚滚浓烟从四方涌来，交汇、融合、消逝于河面腾起的雾气中。"浓雾也粉饰不了的格格不入的地标建筑被略去，如扎眼的克娄巴特拉方尖碑，只在查令十字桥系列的两幅早期速写中出现过。

借助于伦敦大雾画匠般的效果，莫奈成功地将建筑简化成近乎剪影的样子。他坦言自己爱伦敦，但"只爱冬天的……若没了大雾，伦敦无法成为一个美丽的城市。是大雾给了它不凡的气度。在那袭神秘的华袍下，那些无奇的庞然大物变得宏伟"。到 1901 年，他愈发自信，他写道："我这老练的眼睛发现，在伦敦大雾中，景物形态的变化比在其他任何环境中都更快、更显著，难的是在画布上记录下每一丝变化。"

在夏洛克·福尔摩斯的历险中，这大都市中的罪犯借着大雾掩人耳目，却唯独逃不过这位大侦探的法眼。对于莫奈而言，浓雾则是一袭华袍，容许他将美学与社会剥离开来。大雾使莫奈得以专心描绘城市的表象，而非大楼与周遭的真实情况。米尔博解释说："每天，同一时，同一刻，同一光线……他都会回到自己的主题中。"正如画里的影像从雾霭中浮现而出，唤醒时隐时现的记忆一样，在故事里，人物在焦点内外来回，模糊了叙事，掩藏了罪行与罪犯，留下只有夏洛克·福尔摩斯能够破译的蛛丝马迹。

然而，这些艺术品表面的轻松与自然（当然，还有柯南·道尔在作品中不经意间流露出的才华）掩饰了创作过程中所需的勤奋秉性，这一秉性随着同一方案的重复，同一组主题一次又一次的呈现而愈加明显。莫奈的许多作品都有一层层的覆盖色与润色层，表明这表面上的自然性实则常常是他回到吉维尼的画室后不懈工作的成果。莫奈尤其执着于找准太阳的位置，因其左右雾的浓度，会影响他对颜色的选择。他欲描绘太阳影响的强烈渴望在 1900 年 2 月被一个名叫古斯塔夫·热弗鲁瓦的游客在萨沃伊酒店的阳台上记录了下来。不像莫奈，热弗鲁瓦看不到太阳："没看见，我们只看见一大片蒙蒙的灰色，一些模糊的形状，仿佛悬浮在空中的大桥，倏地消失的烟，以及泰晤士河上卷起的波澜……我们努力想看得更清楚些，看透个中奥妙，然而最终发现，对于这好似欲穿透这个静止世界的神秘、遥远的微光，我们一无所知。渐渐地，万物被一丝丝微光点亮，看起来多么赏心悦目啊……"

同样，夏洛克·福尔摩斯似乎总能准确无误地刺破浓雾、侦破案件，这令华生和莱斯特雷德惊叹不已。柯南·道尔善于运用隐喻式的迷雾和气候性的天气现象，身处其中时，唯有这个才智学识出众的咨询侦探才能破案。柯南·道尔不仅设置了漫天大雾，还有浓烟弥漫的房间，盘旋着致使判断力迟钝的烟草烟雾，迷惑了官方警察和侦探，在这种状况下，按照常规运用知识根本无法获取答案。第一个案件《血字的研究》里莱斯特雷德"近日困在了一宗造假案的迷雾中"。待谜团解开，福尔摩斯说："我心中的这团迷雾渐渐消散了。"

人们很快意识到故事中的天气发挥着营造伦敦氛围的作用，这显然透着一种哥特式的庄严。一个个故事，由华生娓娓道来。风也屡被提及。《金边夹鼻眼镜》中，那是"11 月底的一个暴风雨之夜……狂风嘶吼着横扫贝克街，雨点猛烈地击打着窗子"。阅读时，我们不由感到书中的伦敦仿佛大得可怕，"周遭 10 英里全是人力所造之物，却依旧难逃大自然的铁腕。我不禁意识到，在强大的自然力面前，偌大的伦敦不过是山野田地间星星点点的鼹鼠丘罢了"；还有"萧萧的风声、嗒嗒的马蹄声以及嘎嘎的车轮声"。《空屋》中，"这是一个阴冷喧闹的夜晚，风尖声呼啸着，穿过长长的街道"。《五个橘核》中，9月以风开篇，"秋分时节的大风来得异常猛烈。哪怕在人类双手搭建的伟大的伦敦，此刻的我们也无心劳作，无奈承认那伟大的自然力的存在，它好似笼子里未驯服的野兽，透过人类文明的栅栏向我们嘶吼"。

在夏洛克·福尔摩斯的故事里，雾也常被提及，不过没有后来的电影剧本中出现得频繁。雾被用来营造一种同情节推进息息相关的特定氛围，在故事的开篇，黑暗和阴郁的气氛总是最浓郁的。例如，《失踪的中卫》中，那是"2月一个阴沉沉的早晨"；《格兰奇庄园》中，"1897年冬天一个严寒霜冻的早上……路上依稀可见一两个上早班的工人，其身影在伦敦乳白色的晨雾中模糊不可辨"；《孤身骑车人》中的犯罪地点法纳姆，"在厌倦了伦敦的乏味、阴郁及其灰暗色调的人眼中，显得愈发美丽"；《跳舞的人》中诺福克郡被描述为"远离笼罩贝克街的雾气"；《吸血鬼》中，"这是阴沉多雾的11月里的一个傍晚"；《铜山毛榉案》中，"浓雾滚滚而来，在一排排灰褐色的房屋间弥漫。透过这黄色的团团雾气，对面的窗户时隐时现，仿佛变成了一块块暗沉模糊的东西"；《血字的研究》中，布里克斯顿路附近，"一个阴沉多雾的早晨，屋顶上笼着一层暗褐色的纱幔，俨然是底下褐色街道的倒影"。故事结尾则多半以一抹阳光定下更明快的色调，如《五个橘核》中所描绘的，"柔和的阳光穿透笼罩这大都市的昏暗的纱幔"。

莫奈不是大雾艺术效果的唯一探索者，同好还有美国摄影师阿尔文·兰登·科伯恩。他偏爱磨绒的、带纹理的表面和弥漫的烟雾，注重伦敦的仪式性内核，在《议会大厦》和《英国雄狮》等摄影作品中，这一审美观可见一二。他如印象派画家般注重气氛的营造，不过在表达时更具"基本的"象征性，包括采用源于日本版画的裁剪效果。他在工作室对照片反复加工，以凸显场景中的元素，在印刷过程中亲手调整图像，尽量减少细节，以营造气氛，这赋予照片绘画的特征。尽管他声

称照相凹版法（类似飞尘腐蚀法和蚀刻法的照相制版法）直接呈现自然景色，少有人为干预，但他还是采用了这种做法。照相凹版法作品那微妙、传统的色调重气氛胜过描绘，凹版控制着色调值和图像分辨率。距离一拉远，作品的清晰度随之降低，伴着粼粼波光和自身倒影的滑铁卢桥因此更显出泰晤士河的宁静。这些图像力求凸显鉴赏性和独特性，同这个时代批量生产的复制品形成鲜明对比。正如科伯恩所说："摄影艺

术家必须时刻留心那完美的时刻：光抑或空气从芜杂的自然中孤立出一个片段，使其成为一种完美的艺术表达。"

　　因此，为了展现那瞬息的光影效果，艺术家们不分黑夜白昼，反复描绘、拍摄伦敦的景象。詹姆斯·麦克尼尔·惠斯勒在寒冷阴郁的3月绘下了他最后的伦敦印象。同莫奈一样，他在萨沃伊酒店的一间转角套房中取景作画。1896年，他在酒店房间中耐心等待，守候着临终的妻子，画下谙熟于心的景色。这居高临下的全景视角为平版速写提供了绝佳的视野，他在一系列风景画中描绘了这180度视角所及的3种不同景

色：其中一些顺流而下，展现圣保罗大教堂和滑铁卢桥的景致，另一些溯洄到威斯敏斯特的查令十字桥，还有一些描绘了夜色下的泰晤士河，其南岸正对着萨沃伊酒店。创作最后一幅该主题的风景画《泰晤士河》时，他直接在印刷商韦尔街的托马斯·韦提供的石板上作画，借助于反转印刷的彩色石印技术，他捕捉到了阴郁的 3 月里煤烟笼罩、雾气弥漫的效果。画面从右至左依次是兰贝斯铅工厂和莱昂啤酒厂，对一条令人惋惜的河的印象与短暂纪念由作品无比细腻的笔触娓娓道来。偏爱饱经风霜洗礼的老物件的画家赋予泰晤士河最生动的描绘；不过，不同于莫奈色彩丰富的作品，这是一个完全灰调的刻画。他也展现了一座不受限于时间的永恒城市，它停驻在浓厚得近乎抹掉一切的雾气中，在一些类似《伦敦及其近郊：旅行者手册》的旅游指南中，它常被推崇为一处观光胜地。

跟随惠斯勒的脚步，横跨大西洋来到伦敦的还有约瑟夫·彭内尔，他从美国带来了蚀刻法的新技巧，促进了新成立的皇家油画家和蚀刻画家协会的发展。他在许多作品中大胆尝试新技巧，以描绘神秘的夜景。1887 年，他携妻子住在威斯敏斯特的北大街，房东邓巴太太是个"爱整洁的苏格兰人，把小小的房间收拾得一尘不染"。他的工作室位于斯

《昏暗日子里的泰晤士河河堤》
尘蚀版画
1909 年
约瑟夫·彭内尔（华盛顿哥伦比亚特区，
美国国会图书馆，图片与照片组）

特兰德大街附近的白金汉街，从窗口可以眺望泰晤士河、远处的滑铁卢桥，以及圣保罗大教堂的圆顶。受惠斯勒作品中那清晰的细节和不寻常的角度的影响，彭内尔创作了许多伦敦风景画，如1909年的《昏暗日子里的泰晤士河河堤》。1894年2月出版的一本蚀刻画集的前言中写道，它们"不过是记录了我在不同时间，在伦敦不同地区的所见之物……往往是用口袋中的几块金属板，有时甚至是一张小纸片信笔涂成的，远非一场寻幽探胜的旅行的成果"。

英国艺术家中喜好描绘现代都市的有约翰·阿特金森·格里姆肖，他从利兹来到伦敦，渴望在这买家数量日益增长的艺术市场中分得一杯羹。他以伦敦为主题创作了数量可观的油画，其中对夜景多有描绘。1885年至1887年间，他设工作室于切尔西的曼雷萨路，同惠斯勒比邻。两位艺术家一拍即合，惠斯勒曾言他原自诩为夜景画的先驱，直到看到格里姆肖的月夜风景画。格里姆肖画过许多带地标大厦和大桥的泰晤士河景观，视角难说出奇，例如1880年的作品《泰晤士河上的月影》，其

《泰晤士河上的月影》
布面油画
1880年
约翰·阿特金森·格里姆肖
（利兹市立美术馆）

《汉普斯特德山，俯瞰希思街》
布面油画
1882 年
约翰·阿特金森·格里姆肖
（私人收藏）

风格、视角同上文介绍的安德森的作品并无二致。那时，他常常为城郊所吸引，如温布尔登、切尔西和巴恩斯。汉普斯特德是个热门主题，他围绕此地创作了多幅作品，这些画面的前景中，一个孤独的女子拿着伞走在夜里空荡的街道上。作品《汉普斯特德山，俯瞰希思街》中，街道尽头原是一条通往汉普斯特德村庄的小巷，1887 年至 1889 年间，小巷在城镇改造计划下延长，同菲茨姜大街相连。这同 19 世纪中期描绘堕落女性的基调截然不同，那时孤单的女性形象往往暗含卖淫、自杀、羞愧与耻辱的意味；而这个场景中弥漫着的是忧思与怀旧。神秘、孤独，虽是远离中心的一块"飞地"，却依旧是伦敦大都市的一部分——汉普斯特德无疑是福尔摩斯与邪恶反派之间一场更为难忘的邂逅的理想发生地点。故事《查尔斯·奥古斯都·米尔沃顿》中写道，"在一个狂风暴

雨的夜晚，风嘶吼着，刮得窗子咯吱作响"，福尔摩斯与华生拦了辆双轮出租马车前往教堂街的阿普尔多尔塔，即米尔沃顿的家，去阻止这位勒索大王，终结这场闹剧。

　　另一幅由英国艺术家创作，体现夜景中的历史与艺术趣味的风景画作品是弗朗西斯·福斯特的《摄政街上的弧形拱廊》。其中描绘的伦敦中心区集凶险与热情于一身，充满暴力、丑闻和阴谋。《血字的研究》中有一段经典的描述，"一个巨大的污水坑，大英帝国所有游手好闲之人都不可抗拒地涌向这里"，然而，也正是在这里，在贝克街 221B 号那令人宽心的房间里，种种罪案得以侦破。在《四签名》里，华生望着橱窗前来来往往的行人，说街上无时无刻不存在危险："在我心中，这些无穷无尽的脸庞从窄窄的光带下掠过的样子，似乎带着一些怪诞的、鬼魅般的氛围——这些脸庞有的悲伤，有的快乐，有的憔悴，有的幸福。它们从黑暗中来到光明处，又从光明处返回黑暗中，正如所有人一样。"

✳

《雨夜中的查令十字街商店》
网线铜版画
1903 年
约瑟夫·彭内尔（华盛顿哥伦比亚特区，
美国国会图书馆，图片与照片组）

这一场景被约瑟夫·彭内尔在一幅名为《雨夜中的查令十字街商店》的
网线铜版画中生动地刻画了出来。这幅画也捕捉到了这样一种感觉：到
19 世纪晚期，在艺术和文学作品中，这座城市的景象是转瞬即逝的。即
使是在审美化的视角下，作品构图中也会加入锐利的对角线，加快目光
在画面上移动的速度，以传达这样一种理念：画上风景不过是匆匆行走
时的一瞥所见。郊区尤其如此，人们常常认为穿过郊区不过是一种短暂
的、不完整的经历，正如郊区本身常被看作城乡之间的过渡地带。

艺术家们逐渐意识到伦敦的庞大，郊区不断延伸，铁道网络交错纵横，城市规模和复杂程度意味着想要将其整齐完全地描绘下来已不复可能。伦敦早已不是当年维多利亚时代画家托马斯·肖特·博伊斯或托马斯·霍斯默·谢泼德水彩画中干净整洁的样子。"伦敦是个令人费解的城市——种种反差叫人眼花缭乱，往往单调、丑陋得近乎悲哀……充斥着顽固的物质主义，却又不乏亲切。这个城市缺乏不屈的意志，容易被轻视，也容易招人厌烦……"悉尼·达克这样写道。他写过许多关于伦敦的图书，书中借彭内尔的版画来证明自己的观点。地图依旧是描绘这个城市的重要形式，然而，一如查尔斯·布思的《伦敦贫困地图》所示，其绘制过程过于复杂，近来又要考虑工业化的复杂性和生产情况。因此，许多致力于刻画伦敦的艺术家便从浓厚的地形学传统中寻求出路，以地名和地标描绘城市，并借唯美的光影效果，淡化丑的方面。他们在保留一个高远开阔的景观视角的同时，也细心地记录了象征这座帝国首都的生活点滴。

鸟瞰城市大观同融入街角巷尾相结合，这种二元体验在《显贵的主顾》中得到了完美的体现。故事里，福尔摩斯在辛普森餐厅吃午餐，"俯瞰斯特兰德大街上川流不息的人群"，他是芸芸众生中的一个，可融入人群，隐于闹市，却又因那助他直抵真相的卓然的知识和才能而有别于碌碌众人。福尔摩斯对这座城市的了解对故事的真实性至关重要，真实、自然的地点有助于加深读者对其卓越的推理能力的认识。在读者眼中，他必须对伦敦了如指掌，哪怕浓雾弥漫，极端天气肆虐，也能轻而易举地找到方向。在这位大侦探身上，早期的伦敦特征得到了人格化的体现，它可以被分门别类，也可以被记录和理解。他仿佛社会学家亨利·梅休的门徒，梅休试图在《伦敦劳工与伦敦贫民》一书中描绘这座城市的特征。他又像是布兰查德·杰罗尔德的追随者，后者亦是一位调查记者，写有《伦敦：一次朝圣》。夏洛克·福尔摩斯绝非漫无目的闲逛的懒汉，他有意在城中行走，探索着这个哥特式的故事背景。他胸怀伦敦地图，确保自己能够成功定位所在的位置，到达准确的地点。他在侦查工作中展现出维多利亚时代早期沉稳、可靠的品质，同 19 世纪晚期的朦胧美学迥然相异。

　　故事中常常提及伦敦的街道，为读者绘制了一幅虚构的伦敦地图。《空屋》中，据华生所述，"福尔摩斯对伦敦的所有偏僻小径了如指掌……（他）迅速而又把握十足地穿过一个个马厩和牛棚，我甚至从不知道它们的存在"。《血字的研究》中则列出了一连串咒语般的地名——旺兹沃思路、修道院路、云雀山小巷、斯托克韦尔广场、罗伯特大街、冷港巷，仿佛福尔摩斯是这千面都市的化身，代表着所有黑暗的、说不清又道不明的特质。在一辆封闭式的出租马车上，华生告诉我们："我毫无头绪，只知我们似乎走了很长一段路。夏洛克·福尔摩斯却丝毫不出差错。车子辚辚驶过一个个广场，穿过一条条曲折又偏僻的街道，他嘀咕着沿途地名。"通过反复提及，柯南·道尔表明对伦敦了如指掌是福尔摩斯这一角色的重要特点。拥有一幅思维地图的他堪称天赋异禀，《血字的研究》一案更是印证了这一点。故事的中心人物杰斐逊·霍普为追踪仇敌，化身为出租马车车夫，据他所言，"最难的是熟悉路线。我认为，在所有人造迷宫里，这座城市最叫人晕头转向。我手边备着一张地图，直到熟悉了一些大酒店和几个主要车站后，工作这才顺手了些"。

　　这是个令许多人晕头转向、百思不解、无力应付的城市，福尔摩斯竟能在脑中绘制其地图，他非凡的观察、侦查及推理能力可见一斑。这一点对该角色魅力的提升至关重要。因此，这座城市的背景及其（对伦敦人来说）不可控的特性加深了读者对福尔摩斯才智的钦佩之情。有趣的是，这些知识并非基于作者的亲身经历。柯南·道尔住在伦敦中心区的时间不长，他只在 1891 年待了一年不到，不过从他写给母亲玛丽·道尔的信中，我们大致可以知道他先前几次到访伦敦时，都喜欢做些什么。比如，信中记录了他 1878 年春天参观伦敦的情况：他听了一场聂鲁达[1] 的小提琴独奏会及几场演讲，参观了皇家艺术学院，在萨维

1　　应指摩拉维亚（现属捷克）小提琴家威尔玛·聂鲁达。

尔俱乐部吃午餐，在朗廷酒店享用晚餐，观看亨利·欧文参演的《路易十一》，这令他感触不小，他还去罗德板球场观看板球比赛，参观威斯敏斯特水族馆，到皇家骑兵卫队阅兵场欣赏华灯初上时的俱乐部大楼和公共建筑，这期间还瞥见了德国王储和剑桥公爵。在 1878 年的一封信中，他坦言，对于接待他的人而言，他过于"波希米亚"，总爱在伦敦街头漫游，感受这里的氛围。

福尔摩斯系列最早的一些作品的创作时间同柯南·道尔搬到伦敦的时间相符，他当时租的房间就位于大英博物馆后的蒙塔古广场 23 号。据 1891 年 4 月 5 日的人口普查，楼里的住户有 54 岁的老姑娘玛丽·古尔德，她是这里的房东；她的妹妹简，一位小学老师；64 岁的简·萨瑟兰；18 岁的接待员埃德温·戴维斯；领有执照的酒店店主杰斐逊兄弟弗兰克和珀西；瑞典驻悉尼领事卡尔·法尔斯塔德和他的英国妻子塞西莉亚；两名用人；还有 31 岁的眼科医生阿瑟·柯南·道尔及其 33 岁的妻子路易丝，以及他们尚在襁褓中的女儿玛丽。柯南·道尔在上温坡街租了间起居室充当诊室，并划出部分空间作为候诊室，同另一位医生共用。他还与威斯敏斯特皇家眼科医院签了约。因此，伦敦中心区在其作品中的地位举足轻重，小说的叙事以此为中心，向外展开。

19 世纪晚期，艺术家在描绘这座都市时既抱有上文提及的作品中展现出的留存美好、疏离丑陋的渴望，也注重地点和自然细节的准确性。约翰·奥康纳 1884 年的作品《从本顿维尔路向西看：黄昏》唤醒了人们对商业、技术以及现代交通的崇拜。画中所绘的圣潘克拉斯站那哥特式的尖顶高高耸立，俯瞰着底下单调乏味的街头生活：地上零星丢着几张短时效的报纸和广告，屋顶上堆放着废弃的板条箱和编织篮，路上尽是匆匆归家的灰色人影，还有马拉轨道车和双轮出租马车。看得出这不是富人会光顾的街道，虽不在郊区，却散发着破败住宅区的萧条气息，俨然只是一条通往外面精彩世界的通道。这是一个行人匆匆而过却不曾流连的地方。张贴着的广告牌，如"每日新闻"，代表着首都伦敦快节奏的生活体验，报纸、杂志日日换新，一旦过时，即被无情丢弃。奥康

《从本顿维尔路向西看：黄昏》
布面油画
1884 年
约翰·奥康纳

纳从一个废弃的屋顶遥望西沉的落日，余晖照亮了圣潘克拉斯火车站。天边的色彩在光秃秃的树梢的衬托下，反而透出一丝温暖，使得整幅作品集美学价值、非凡设计与白衣苍狗之感于一体。火车站闪闪发光，它那哥特式的尖顶宛若教堂一般，而车棚却几乎看不见。这是一幅真实反映那个年代的作品，因为 1883 年这条马拉车轨道才投入使用。然而，尽管作品如同照片一般写实，画家还是在其前景中小心翼翼地画上了一个警察，一个从红色邮筒中取件的邮递员，一匹步履艰难的白马，一辆马拉轨道车，车前一位身着黑裙的女子挥伞示意——这座城市的主流美学在作品中得到了完美表达。

《从本顿维尔路向西看：黄昏》后为伊萨克·霍尔登爵士购得，这位议员在当时的约克郡拥有一座大庄园。他或许会在圣潘克拉斯搭乘火车前往他北方的家。角色能够快速、高效、准时地从一个地点到另一个地点，这是福尔摩斯小说叙事的关键所在。搭乘火车从伦敦赶往犯罪现场是将情节背景转移到英国各个地区的常用手法，而且，同样重要

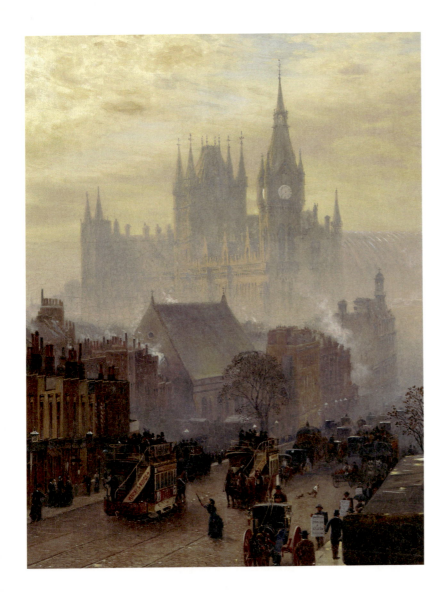

的是，火车也为委托人前往贝克街向福尔摩斯讲述他们的故事提供了便利。例如，故事《跳舞的人》中，福尔摩斯乘坐 3 点 40 分的火车从诺福克赶回贝克街吃晚餐；《孤身骑车人》中，那位家庭女教师于 1895 年 4 月 23 日骑车到法纳姆站，赶乘 12 点 22 分的火车前往滑铁卢；《修道院公学》中，福尔摩斯乘火车从尤斯顿前往英格兰北部；《金边夹鼻眼镜》中，他们商议到查令十字街乘火车，前往距离查塔姆 7 英里的约克斯雷。火车和火车站是这座现代都市中不可或缺的元素，它们代表着先进的技术、便捷的交通和这个不再完整的社会残缺的本质。在《从本顿维尔路向西看：黄昏》这幅画中，这种不和谐性被描绘得淋漓尽致：缥缈的天空与哥特式的尖顶唤醒对不朽的精神的向往，而单调的街道、火车终点站和张贴着的广告牌却直指日常生活的物质性，这两者传达出来的精神特征截然相反。

因此，伦敦为艺术及文学作品提供了必要的现代性题材。柯南·道尔一再强调伦敦之于夏洛克·福尔摩斯及其历险记中故事情节的重要性。在《雷神桥之谜》中，我们读到"同所有伟大的艺术家一样，福尔摩斯很容易受其所处环境的感染"，对他而言，似乎只有伦敦才能提供必要的原材料。正如他在《诺伍德的建筑师》中所言，"对一个研究高层次犯罪世界的学生而言，欧洲其他首都都不能提供伦敦当时所具备的有利条件"。在《空屋》中，福尔摩斯可以"尽情调查伦敦的百味生活不断呈现出的纷繁有趣的小问题"。

伦敦向来同正义比肩而立，正义力量一触即发，一如《铜山毛榉案》中所述，不像一些居民目无法纪、冤案悬而未决、罪犯逍遥法外的乡下，在这里，罪犯与被告席之间仅有一步之遥。夏洛克·福尔摩斯的伦敦在每个故事的叙事过程中发挥的积极作用不仅仅局限于交代故事背景、营造意境及渲染气氛。这座城市也微妙地左右着我们对书中人物的看法，因为对人物的评价离不开他们的居住环境、生活方式以及外貌特征。这座城市在这些角色身上，在他们的衣服和皮肤上烙下的痕迹成为情节的一部分，可以说这座城市已深深地渗入这些角色之中，留下蛛丝马迹等待夏洛克·福尔摩斯在破案过程中发现。故事一近尾声，伦敦便呈现出一派祥和景象，一如案件侦破尽如人意，为读者送来舒心与宽慰之感。伦敦的面貌随着故事的发展而改变，反映情节变化，因此开篇几页总是笼罩着不祥的悬念和哥特式的深不可测之感，到结尾，随着谜团的解开，伦敦便成了一个人们可以在阳光下自在徜徉的地方。在这转变中，伦敦本身起到推进情节发展的作用，促使案件成功侦破，大快人心。了解这一转变，是理解故事中的伦敦如何在我们的想象中占据标志性地位的关键所在。

　　柯南·道尔是在当时的艺术氛围中创作的。从 19 世纪 70 年代早期开始，画家致力于通过创作来展现这座现代都市，他们遵循安托万·普鲁斯特[1]的严格要求，认为艺术家"有义务为子孙后代留下有关这个时代主题的记录，不论它们有多么丑陋"。他们为这座城市创作的崭新图景，同福尔摩斯的伦敦一样经典、不朽。这位虚构的咨询侦探成了一个名扬四海的文化偶像，一个没有起点亦没有终点的文学形象。正如《最后致意》并非福尔摩斯的终场一样，《最后一案》中的死亡也绝非故事的结尾，10 年后，柯南·道尔让福尔摩斯以崭新的形象回归，这一形象颇有分身的意味。在《空屋》中，福尔摩斯化装成一位藏书家，领着华生穿过伦敦去看他的另一个分身——一座蜡像。在贝克街公寓的窗内，藏书家的这座蜡像就如同博物馆展出的收藏品。同样，由于艺术作品不断被翻印、收藏、展览，19 世纪晚期伦敦的艺术形象已内化为夏洛克·福尔摩斯这一现代神话密不可分的一部分。

1　　法国记者和政治家，与作家马赛尔·普鲁斯特并无联系。

ST. PAUL'S CATHEDRAL FROM LUDGATE CIRCUS   176   《从拉德盖特广场看圣保罗大教堂》

阿尔文·兰登·科伯恩
镜头中的伦敦

这些勾起无限回忆的照片为美国摄影师
阿尔文·兰登·科伯恩所摄。它们展示
了一个可视的伦敦形象，集中体现了夏
洛克·福尔摩斯时代伦敦的特征与气氛。
这些作品于 1909 年结集出版，并由希莱
尔·贝洛克撰写序言。科伯恩的照相凹版
法作品有着绘画般的画面与感觉，尤其是
捕捉到了伦敦的气氛。在冲印过程中，图
像的轮廓被弱化了，从而形成了这一特
点。贝洛克写道："另一随处可见的特点
是伦敦的烟和云雾对其产生的影响。"著
名照片《从拉德盖特广场看圣保罗大教
堂》中，大教堂那独特的外形便与蒸汽火
车的滚滚浓烟及这座城市中被污染的空气
互相映衬。

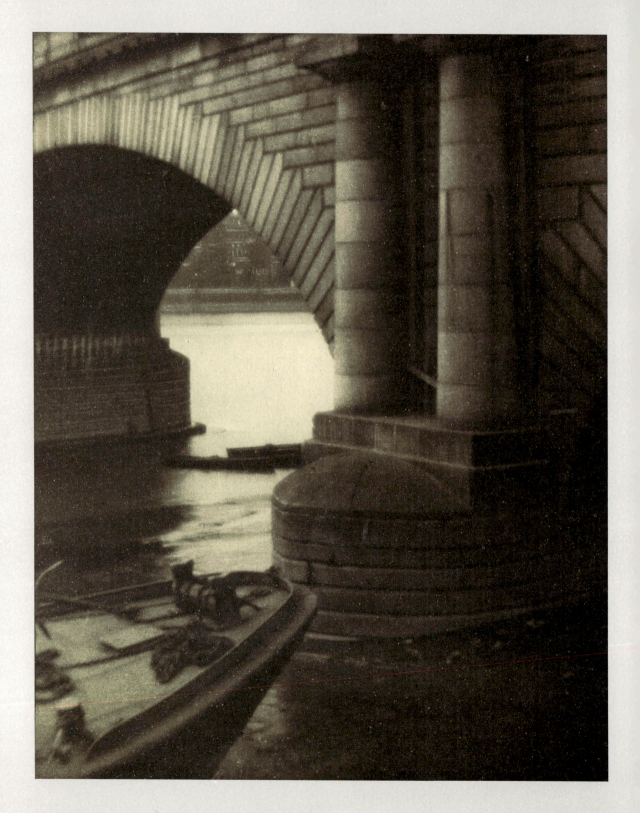

《伦敦桥》   179

Hyde Park Corner　　　　　　　180　　　　　　　《海德公园街角》

《从泰晤士河上看圣保罗大教堂》　　181　　ST. PAUL'S CATHEDRAL FROM THE RIVER

PADDINGTON CANAL   184   《帕丁顿运河》

《摄政运河》   187   REGENT'S CANAL

FROM WESTMINSTER BRIDGE   188   《在威斯敏斯特大桥》

《11月的肯辛顿花园》 189 *Kensington Gardens, November*

THE TOWER   190   《伦敦塔》

SIDNEY PAGET
1893

192

抛开福尔摩斯

克莱尔·佩蒂特 著

阿瑟·柯南·道尔屡屡想要将夏洛克·福尔摩斯抛到一边。早在1891 年 11 月，在福尔摩斯"仅破解了几宗案件"之时，柯南·道尔就已在给母亲的信中写道："我考虑杀掉福尔摩斯……把他干掉，一了百了。他总害得我不务正业。"自那以后，在他随后的整个职业生涯中，他向自己一手创造的这一角色断断续续发起了残忍的攻击。他为新故事开出近乎荒唐的高价，企图断了这位大侦探的故事在市场上的销路；更有后来大家所熟知的，于 1893 年将福尔摩斯推下赖兴巴赫瀑布，企图赶尽杀绝。然而，福尔摩斯可没这么容易被干掉。1901 年，这位大侦探回归《斯特兰德杂志》，随后 20 多年间不时出现在读者的视线里，直到1927 年。短暂歇息后重拾福尔摩斯的柯南·道尔在给《斯特兰德杂志》的编辑赫伯特·格里诺夫·史密斯的信中无力地写道："你或许会觉得可笑，我正着手创作新一期的夏洛克·福尔摩斯故事。蠢人就是会这样重复自己的愚行。"

至于史密斯，与其说他会觉得可笑，倒不如说他是喜出望外。若能刊载一期福尔摩斯故事，《斯特兰德杂志》这期的销量势必喜人。1908年，福尔摩斯故事首次出版后的第 21 个年头，柯南·道尔奉上了"福尔摩斯探案集"的最新作品，后收录进《最后致意》，时值该杂志圣诞刊的发行，因而在这拥挤的通俗杂志市场中，面对日益增长的竞争者，《斯特兰德杂志》确保了这一个季度的销量优势。1891 年至 1892 年间，福尔摩斯系列早期的一些作品在《斯特兰德杂志》上陆续刊登后，柯南·道尔获得了丰厚的稿费，因此对这只源源不断下金蛋的鹅，他的态度甚为古怪。夏洛克·福尔摩斯实为作者无心插柳之作，柳条开枝散叶，成荫成林，远远超出了柯南·道尔的控制。虽然柯南·道尔对看似只流行于一时的福尔摩斯故事深感矛盾，并认为其缺乏文化权威性，但福尔摩斯的诞生和流行却离不开他帮助建立的新的出版和公共领域。

在创始人乔治·纽恩斯眼中，《斯特兰德杂志》最明显的特征就是"迷人"。效仿美国家庭类月刊《斯克里布纳杂志》和《哈珀斯杂志》，《斯特兰德杂志》的每一页都配有插图，但每本仅收取 6 旧便士，而非 1 先令（12 旧便士）。因此，它那标志性的蓝色封面很快就遍布大街小巷。柯南·道尔本人就曾向史密斯提及："过去外国人辨别英国人是靠我们身上的格纹套装，我想不久后便会变成靠我们手上的《斯特兰德杂志》。海峡轮船上，除了舵手，人人手里都握着一本。"《斯特兰德杂志》被奉

福尔摩斯掏出他的怀表
《希腊译员》中华生医生和夏洛克·
福尔摩斯的插图，《斯特兰德杂志》
1893 年 9 月
悉尼·佩吉特

CHARING CROSS STATION

Lieu d'arrivée, point de départ !

从伦敦前往欧洲大陆：
《查令十字站》
1894 年
莫里斯·邦瓦森

为新潮杂志，催生了一种全新的阅读方式。W. T. 斯特德称其"从头至尾无不轻松愉快；所述内容轻快、有趣，配有插图，且无信口之言，不失为打发时光的不二之选；读者也不至于过费脑力"。既"打发时光"又不"费脑力"的阅读体验标志着读者的分心，我想，这正是福尔摩斯故事必不可少的部分时代背景及意义所在。这些故事无一不以浓重的笔墨再三强调福尔摩斯独特的天赋和惊人的专注力，它们正是为这些易分心走神的读者量身定做的，方便他们读完便抛诸脑后。这些故事无疑是在利用专注与分心、时效性与消费等当代理念。

"我洗耳恭听。"夏洛克·福尔摩斯在《希腊译员》中如是说，而柯南·道尔的故事也围绕着福尔摩斯的专注与失神展开。福尔摩斯那起伏不定的兴致常会"衰退"（《格兰奇庄园》），然而"性格使然，他会从一

阿瑟·柯南·道尔肖像照片
约 1902 年

个极端摆到另一个极端，时而倦怠不堪，时而精力充沛"（《红发会》）。一旦注意力集中，他便异常专注，"他蹲在那把木椅子前，极其专注地检查椅座"（《斑点带子案》）。当然福尔摩斯也会失神，当他"坐在前排座位上……在圣詹姆斯音乐厅沉醉于音乐声中"（《红发会》）时，或是"在科芬园的瓦格纳之夜"（《红圈会》），他"慵懒、恍惚的眼神，让他与那个警犬一般警觉的福尔摩斯，那个铁面无私、头脑敏锐、随时待命的刑事侦探判若两人"（《红发会》）。故事中的福尔摩斯摇摆于专注与失神之间，这一设计反映了一个新兴的、快速流动的城市读者群体专注与失神的特点。这是一个广泛的读者群体，包含各个社会阶层的成员。很快，《斯特兰德杂志》在英国的月销量便高达三四十万册，而实际上，考虑到从图书馆借阅和在咖啡店内浏览的情况，以及亲友之间的分享和二手刊的售卖，每期的读者数约为 100 万。一些福尔摩斯故事在《珍闻趣事》上再次发表，获得新的读者群体。这一新兴工业化时代的广大读者在赶乘轮船、火车和公共汽车的途中，急急忙忙地从路边的书报摊上抓过一期《斯特兰德杂志》，读得也甚是匆忙。这些读者快速翻阅手中的读物，暂时或是部分地集中注意力，他们阅读的目的无非是转移注意力，以暂时忘却旅途的不适、在拥挤候车厅中等待的无聊，以及每日上下班的乏味。

近来，文学评论家对"注意力"这一议题多有思考，包括读者阅读特定类型读物时的专注程度、注意力的类型，有时还包括注意力的缺乏。读者的专注情况是否因作品体裁的不同而不同？例如，我们对情节复杂的长篇小说的注意力是否有别于对一首短诗的？影响我们的注意力的因素又是什么？我们在拥挤的地铁车厢内的海报上看到的一首诗，若出现在书中，是否会带来不同的阅读体会？历史上是否存在阅读方式发生重大改变的时间点？文学评论家尼古拉斯·达姆斯称，19 世纪时，他所谓的"注意力的文化规范"曾发生重大改变，他还提出，19 世纪的阅读实践是"工业化意识的训练场，而非避难所"。他认为，读者在挑选和浏览社论、广告、小说等日益繁多的印刷品与媒体信息时获得训练，从而学会从中辨别细节，获取重要事实和有用信息。华生将这些数量惊人的印刷品比作这个新兴印刷世界中"笼罩"着每个人的"报纸浓云"。

19 世纪中叶以来，报纸以日益精简的方式对信息进行重新组合和包装。以 1851 年于伦敦成立的路透社为代表的通讯社将形式简洁的新闻故事寄给一系列地方小报联合发表；到 19 世纪后半叶，他们由邮寄改为发电报，这对内容的简洁性提出了更高的要求。后来的"新新闻学"反

映了这一系列技术变革，它发展出一种独特的风格和页面布局，该布局
包括醒目的标题、短小的语段以及丰富的插图。乔治·纽恩斯在创办
《斯特兰德杂志》前，于 1881 年创办了文摘性质的刊物《珍闻趣事》。该
刊物中文章被浓缩为摘录或梗概，即"珍闻趣事"，以方便读者吸收。
《蓓尔美尔街新闻报》的编辑 W. T. 斯特德于 1890 年创办杂志《评论的
评论》，以概括和缩写的方式对数量庞大的国内外期刊进行"取样"，并
以一系列摘要和选段的形式将其呈现出来。不过，这种简洁并不意味着
阅读量的减少，因为如劳雷尔·布雷克所言，杂志的出版速度正在不断

加快，数量也在持续增长，"从季刊变成月刊、周刊、一周多刊，再变成晨报和晚报"。这种摘要，与其说是一种压缩信息的形式，不如说是对信息过量现象的回应。过量的印刷品呼吁全新的阅读策略，以便读者从可能接触到的信息中获取并解读所需的部分。这便有了阅读与侦查的结合，如《赖盖特之谜》中福尔摩斯对华生所言："在侦探艺术中，最重要的是能够从众多的事实中辨认出哪些是首要的，哪些是次要的。不然，你的精力和注意力非但不能集中，反而会被分散。"

柯南·道尔不愿将福尔摩斯系列写成长篇"连载小说"。在给编辑的信中，他写道："在我看来，我认为自己不该创作新的'夏洛克·福尔摩斯'系列，不过以'夏洛克·福尔摩斯先生回忆录'（摘自其好友

※
对话欧洲：大陆电路电缆室
中央电报局，伦敦
1891 年

詹姆斯·华生医生 [1] 的日记）为主题偶尔写点零散的小故事倒也无妨。"这些故事虽具备连载小说的种种特征，如重复出现的角色、情景式的案件，却完全不以连载小说的形式出现。首先，故事并非依照时间顺序线性排列，零散的诸多事件组合在一起，叫人理不清头绪。华生不时提及旧案——"我一一翻看了以前的笔记，把过去的破案成果分门别类"（《证券经纪人的秘书》）；福尔摩斯偶尔会从盒子里翻出旧文件，或者在翻阅他那本厚重的剪贴簿时猛然回忆起一桩久远的案件。虽然故事提供了具体的日期和时间——如"我的笔记本上记录着，那是 1892 年 3 月底一个阴冷的大风天"（《威斯特里亚寓所》），又如"一查笔记，发现 4 月 14 日那天收到一封从里昂发来的电报"（《赖盖特之谜》），但读者在阅读过程中实则无须过多留心案件的时间先后。在自传中，柯南·道尔称自己偶然产生了"围绕一个角色展开一系列故事"的想法，将其作为杂志市场中长篇连载小说和互无关联的短篇小说这两种主打作品形式间的"理想的折中方案"。"我相信我是第一个意识到这一点的人，而《斯特兰德杂志》则是第一家付诸实践的杂志。"他补充道。这种反复出现却又互不关联的结构似乎使他觉得可以随时抛弃福尔摩斯，而且，这也促使读者阅读完一期后便将其抛到一旁，而不是像读连载小说那样，试图将其与前后几期的内容串联起来。每篇福尔摩斯小说都会轻易遭人遗忘，不留一丝记忆。事实上，《斯特兰德杂志》的编辑也意识到了这一点，并曾写信建议柯南·道尔，"你能否在故事开头加上几句，使夏洛克·福尔摩斯这一角色更易被人理解"，尤其是那些先前对这位大侦探一无所知的人。其实，据吉姆·马塞尔观察，总体来说，这一做法在《斯特兰德杂志》中并不少见："每一期杂志都是相对独立的：鲜有成系列的文章，故事也很少跨期刊载。"读者不会关注这期杂志以外的内容，出版物也不会留下"记忆"。《斯特兰德杂志》有意地将自己商品化，便于读者轻松消费，快速处理。

I 即约翰·华生医生，《歪唇男人》中，华生太太曾称丈夫为"詹姆斯"。

200

《斯特兰德杂志》的插图封面，连同里头的夏洛克·福尔摩斯故事，反映了"舰队街和斯特兰德大街上如潮汐般起起落落、千变万化的生活情境"（《住院的病人》）。一条条电缆悬在街道上空，到 19 世纪 90 年代，伦敦中心区的房屋顶上，电缆和电线杂乱地缠绕着。19 世纪三四十年代，作为将编码信息以电信号形式通过电缆传递的通信方式，电报在铁路沿线发展起来，到 19 世纪晚期，电报网络已几乎覆盖全球。《斯特

兰德杂志》的封面使它的第一批读者意识到，以书信、报纸、杂志为代表的书面通信渠道现今与一种复杂的电子通信网络并存。确实，福尔摩斯"在电报可用时，绝不写信"。在诸多方面，福尔摩斯故事同电报是密不可分的。在最直观的层面，我们常常见到福尔摩斯走进"最近的电报局"，"发送……一封长电报"（《血字的研究》），在贝克街的书房中他也常备着一沓电报表格（《跳舞的人》）。多篇小说以电报开场，《博斯科姆比溪谷秘案》中便提到，一封来自福尔摩斯的电报打搅了华生和妻子的早餐；《失踪的中卫》一开头，华生便坦言"在贝克街我们常常收到离奇的电报，对此我们本已习以为常"。福尔摩斯偶尔会收发跨洋电报，如《五个橘核》中，一封来自美国的电报使悬案终得解决，又如《跳舞的人》中，福尔摩斯给"纽约警察局"的朋友威尔逊·哈格里夫发电报查询一名芝加哥罪犯的信息，还有《血字的研究》中，福尔摩斯征询在克利夫兰的联络人，以证实自己对该案件的看法。

一如所有的电报信息，福尔摩斯的信息被转化为代码以便传送，到接收站后再被解码为文字；不过，因其对速度、传送、代码及编码等方面的关注，福尔摩斯故事与电报间的联系更为密切。《血字的研究》中，杰斐逊·霍普与约翰·费里尔无意中听到两名摩门教看守在低声说"九到七！七到五！"，意识到"最后那两句话显然是某种交互的暗号"，这一认识在后来的故事里救了他俩以及露西·费里尔一命。《红圈会》中出现过用晃动灯光传递"PERICOLO"这一意为"危险"的意大利语暗号的情节。《"格洛里亚·斯科特"号三桅帆船》中，福尔摩斯取出"一个颜色暗淡的小圆筒"，里边"半张青灰色的纸上字迹潦草地写着一封短信：'伦敦野味的供应量稳步增长。我们相信总负责哈德森已领命接收所有捕蝇贴的订单并保全你的雌雉的生命'"。福尔摩斯将纸上的信息解码为："大势已去。哈德森把一切都抖出来了。逃命去吧。"诺福克庄园中反复出现的宛若跳舞的人的象形符号令福尔摩斯困惑不解，他向华生解释道："我对各种形式的秘密文字十分了解，也曾就此写过一篇粗浅的论文，分析了160种不同的密码。"当然，福尔摩斯还是很快破

译了"跳舞的人"这一密码，并以此对付它原来的编写者，以相同的密码编写了一条信息，来诱捕罪犯。故事中时常以图片形式生动再现各种代码和谜团，如《赖盖特之谜》中一角纸片上的潦草字迹的"摹本"，或是《跳舞的人》中一再出现的象形符号，因而读者不得不在停下来仔细研究图片所示谜团与索性跳至下文寻找答案中作出选择。

　　除了将电报作为点对点通信手段外，福尔摩斯还将它作为快速向大众传播消息的方式。不在伦敦时，他便依靠电报及时地在报纸上刊登启事。19 世纪 90 年代电报与伦敦的报纸编辑部、广告办公室之间的密切联系在故事中得到了戏剧化的体现。"'我从沃金站向伦敦各家晚报发了封电报。这则启事将会出现在每一家晚报上。'福尔摩斯递给我一张

nt me a letter then, imploring
way and saying that it would
art if any scandal should come
sband. She said that she would

"See if you can read it, Wat
with a smile.

It contained no word, but t
of dancing men :—

hen her husband was asleep at
morning, and speak with me
end window, if I would go away
nd leave her in peace. She

"If you use the code whic
plained," said Holmes, "you
it simply means 'Come here
was convinced that it was

密码"跳舞的人"
《斯特兰德杂志》
1903 年 12 月

从日记本上撕下的纸,上面有几行潦草的铅笔字: 5 月 23 日晚 9 点 45 分,在查尔斯街外交部门口或附近,从一辆马车上下来一位乘客,知情者请将马车车牌号告知贝克街 221B 号,赏金 10 英镑。"(《海军协定》)不过,他偶尔也会求助于一些日益壮大的"广告代理商"。《蓝宝石案》中,他让一个男孩将一则启事送到广告公司,以刊登在伦敦当天的晚报上,"《环球报》《星报》《蓓尔美尔街新闻报》《圣詹姆斯宫报》《新闻晚报》《旗帜晚报》《回声报》和你能想到的其他任何一家报纸"。

事实上,读者常常发现福尔摩斯和华生在埋头看报。贝克街 221B 号杂乱的合租公寓内随处可见各式废旧报纸。福尔摩斯"埋首于晨报之中"(《铜山毛榉案》),而且他们时不时便会收到报纸——"送报人送来当天的各种报纸"(《银色马》),并且看完便丢在地板上,于是便有《身份案》中华生"从地上捡起一份晨报",以及《蓝宝石案》中福尔摩斯"在他那堆报纸中翻找着"。每次经过一个较大的火车站,福尔摩斯都会趁机买"一捆当天的报纸"(《银色马》)。报纸成了福尔摩斯的精神养料,因此只有当"报纸短缺"(《黄面人》)或是"报刊内容枯燥无味"(《威斯特里亚寓所》)时,他才寻求可卡因的慰藉。

报纸也滋养了福尔摩斯的故事,因为柯南·道尔在故事中详细描述了真实的新闻故事,并从伦敦报纸的私人启事专栏中汲取了不少关于小说案件的灵感。报纸对福尔摩斯小说中的案件常常是至关重要的,如

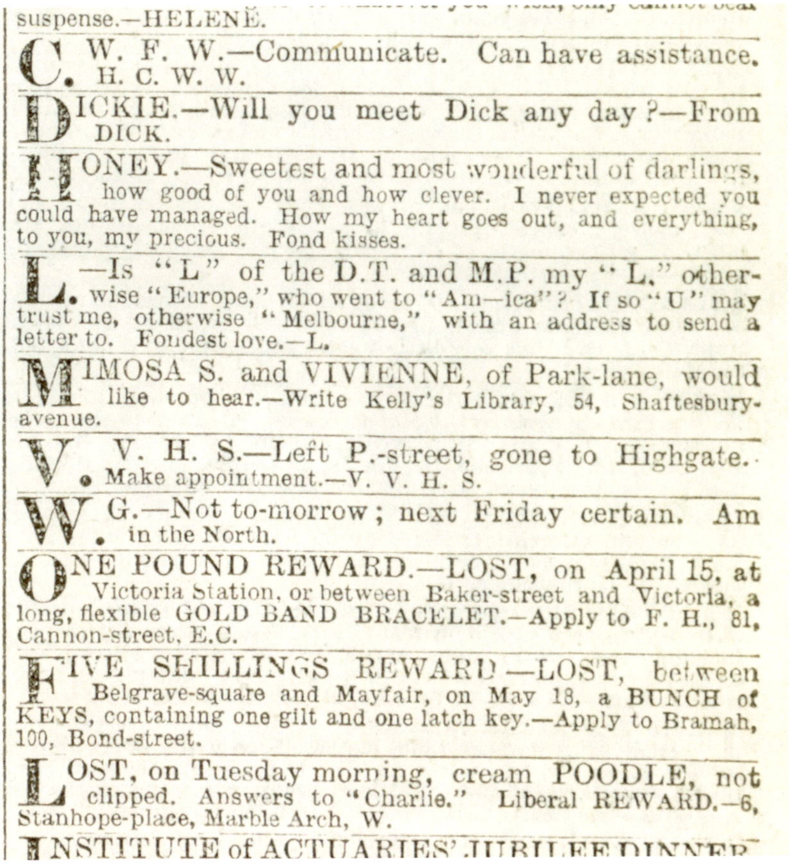
suspense.—HELENE.

C. W. F. W.—Communicate. Can have assistance. H. C. W. W.

DICKIE.—Will you meet Dick any day?—From DICK.

HONEY.—Sweetest and most wonderful of darlings, how good of you and how clever. I never expected you could have managed. How my heart goes out, and everything, to you, my precious. Fond kisses.

L.—Is "L" of the D.T. and M.P. my "L," otherwise "Europe," who went to "Am—ica"? If so "U" may trust me, otherwise "Melbourne," with an address to send a letter to. Fondest love.—L.

MIMOSA S. and VIVIENNE, of Park-lane, would like to hear.—Write Kelly's Library, 54, Shaftesbury-avenue.

V. V. H. S.—Left P.-street, gone to Highgate. Make appointment.—V. V. H. S.

W. G.—Not to-morrow; next Friday certain. Am in the North.

ONE POUND REWARD.—LOST, on April 15, at Victoria Station, or between Baker-street and Victoria, a long, flexible GOLD BAND BRACELET.—Apply to F. H., 81, Cannon-street, E.C.

FIVE SHILLINGS REWARD.—LOST, between Belgrave-square and Mayfair, on May 18, a BUNCH of KEYS, containing one gilt and one latch key.—Apply to Bramah, 100, Bond-street.

LOST, on Tuesday morning, cream POODLE, not clipped. Answers to "Charlie." Liberal REWARD.—6, Stanhope-place, Marble Arch, W.

INSTITUTE of ACTUARIES' JUBILEE DINNER

《每日电讯报》私人启事专栏
（局部）
1898年5月20日

《红发会》中，他的客户“从大衣里袋中掏出一张又脏又皱的报纸”，又如《身份案》中的客户掏出1890年4月27日的《纪事晨报》，并进行了解释。“‘我在上周六的《纪事晨报》上登过寻找他（霍斯默·安杰尔先生）的启事，’她说，‘就是这条寻人启事，这里还有他写的4封信。’”华生常以报刊文章的风格推进情节的发展，总结案件的关键信息。在《证券经纪人的秘书》中，他复述了一篇题为《城中犯罪：莫森和威廉斯商行凶杀案》的新闻报道，并声称该报道来自“早期版本的《旗帜晚报》”，给读者提供了重要的线索。《工程师大拇指案》中，他一反常态，告诉读者“我相信，这个故事在报纸上刊载过不止一次了……只用半栏篇幅简短陈述”，不过他的版本将更“引人入胜”，“当事实在你眼前慢慢铺展开来，每取得一项新发现，你都向完整的事实真相迈进了一步，

谜团也随之层层解开"。报纸与夏洛克·福尔摩斯故事之间保持着一种指向关系，小说似乎将压缩的"半栏篇幅"解码为了一个个错综复杂的故事。故事本身承担了所有艰巨的解码工作，读者则不必费心费力去理解其中的密码学——故事自力推进式的结构能够牵引读者前进、深入。

　　"除了犯罪新闻和读者来信专栏，其他的我一概不看，"福尔摩斯曾郑重其事地说，"后者总是很有启发性的。"（《贵族单身汉案》）政治新闻和国家动态很少引起福尔摩斯的注意，吸引他的往往是私人启事，如"'寻人启事'专栏的头条通告"（《血字的研究》）；或是"《每日电讯报》的启事页"（《铜山毛榉案》）；又如为了重现"加利福尼亚州旧金山的哈蒂·多兰小姐"的婚礼故事，华生翻阅各式报纸，追踪蛛丝马迹，从《晨邮报》上的私人启事专栏，到"同一周的一期社会报刊"，再到"昨天的晨报"（《贵族单身汉案》）。随着故事的展开，各版各期报纸，不论是晨报还是晚报，一一登台，将一个特定的故事从头到尾梳理了一遍。史蒂文·马库斯发现："我们看着福尔摩斯翻阅各式日报，快速查找信息，进行大致的系统归档和处理。"《铜山毛榉案》中，夏洛克·福尔摩

斯"整个早晨都没有说话，不断翻看一系列报纸的启事专栏"。

1853年，随着广告税收政策的放宽，报纸的启事版面迅速扩大，其中尤为出名的要数《泰晤士报》的第二个专栏——私人启事专栏，上面"对离家出走的丈夫的卑微乞求"及"苦苦渴望关注的寂寞心灵"等内容为其赢得了"解忧专栏"的雅号。其他报纸也不甘示弱，《领导者》甚至刊出《泰晤士报》的节选内容，美其名曰"《泰晤士报》罗曼史"，该报纸解释道："这家杰出报纸那昏暗、神秘，却又最是有趣的角落里——不排除警察局——藏着现实生活中最离奇的浪漫体验。悲剧、喜剧、闹剧，爱情、不幸、绝望，破碎心灵的真情流露，父母对离家出走的孩子的苦苦哀求，极度贫困中的垂死挣扎，惊天骗局的步步诡计，昭示着尚在萌芽中的离奇情节。"伦敦报纸的私人专栏构成一种先于书信的传播媒介，被福尔摩斯运用得得心应手。《蓝宝石案》中，他首次提醒我们："在我们这座城市中，姓贝克的人数以千计，而叫亨利·贝克的又何止数百，要在这千百人中找到失主，将财物归还给他，绝非易事。"不过，福尔摩斯很有把握，亨利·贝克定会"留意报纸"，便刊登启事，意欲将贝克遗失的帽子和鹅归还给他——"报上既然登了他的名字，他便一定会看报，因为每一个认识他的人都会提醒他留意报纸"。私人启事虽然具有开放性和公众性，"这不过几平方英里的土地上比肩接踵的400万人"（《蓝宝石案》）都能看到，但却能引起目标对象的注意。小说中福尔摩斯以启事为诱饵，这一情节设计生动展现了一个人口集中、读者群体庞大的现代都市的风貌，在这里，人易走失，物易遗落，而且寻觅起来十分不易。事实上，19世纪时，这里常有物品丢失。苏格兰场和伦敦主要的铁路终点站都设置了失物招领处，1895年，威廉·菲茨杰拉德为给《斯特兰德杂志》写篇文章，参观了所有的失物招领处。据他报道，大东方铁路公司失物招领处内无人认领的物品累计有："140个手提包……5大箱书籍，495双靴子和鞋子，614个假领子、假袖口和假前襟，252顶便帽，505顶猎鹿帽，2000只不成双的手套，230顶女士有檐帽和系带帽，90把刷子和梳子，265个烟斗，110只钱

THE LOST PROPERTY OFFICE, METROPOLITAN POLICE DEPARTMENT, SCOTLAND-YARD.

包，100 个烟丝袋，1006 根拐杖，300 只袜子和长筒袜，108 条毛巾，172 块手帕，以及 2301 把雨伞。"

　　在一个崇尚高速获取信息的文化环境中，提高编码效率的需求变得愈发迫切。而要在"人口如此稠密"（《蓝宝石案》）的城市中找到一个人并确认他的身份也愈发困难。同样，任何形式的信息传递都需要成本，信息压缩技术因此突飞猛进。报纸上的私人启事专栏中充斥着暗号和密码等形式的压缩信息。艾丽丝·克莱将《泰晤士报》上刊登的私人启事编选成集，于 1881 年出版。"一些案例用英文字母来代替数字，因而较易破译，"她解释道，"另一些索性在字母上动手脚。分明印着字母'B'，却要按字母表顺序往后推一个，读作'C'。因此，单词'head'实际代表着'if be'。1864 年 6 月 23 日便有这样一则启事（编号 1387）：

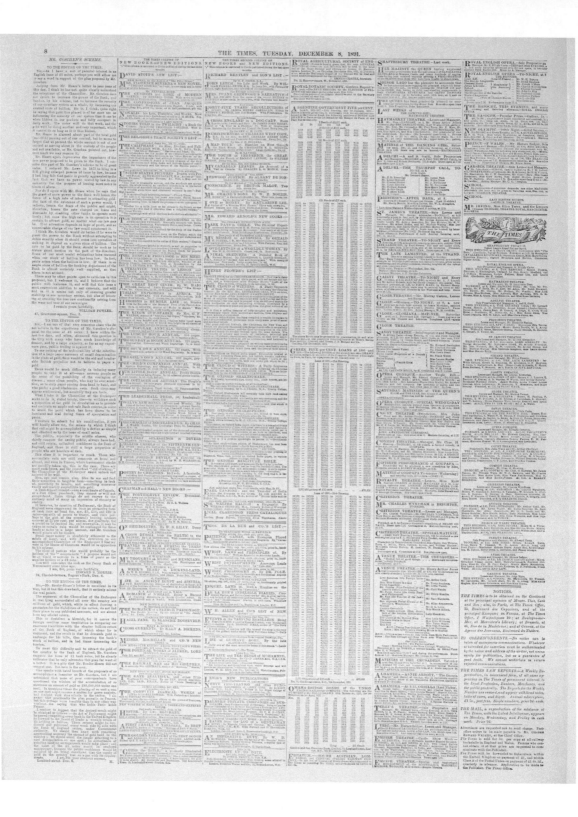

Great College-street, Westminster. Established 1825.

ALL right, JONAS.

ASCOT.—Meet me Waterloo, eleven o'clock, Thursday, 18th.

BILLY longs to hear from you.—Write at once to William Stanhope, 315, Great College-street, London, N.W.

JOHN CHAMBERS, late 177, Odessa-road, Forest-gate, please send present ADDRESS to J. Hare, Litfield-place, Clifton. Stockwell, Melbourne, deceased. Very important.

L. H.—You are mistaken—or I am.—J. R.

SER.—Had a great loss. Shall be going away for a little while beginning of next week. Should like to see you some afternoon before leaving. Write.—BO.

TIT to TAT.—Will you send me little at once? Sorry to worry you. This shall be the last. Been ill, or would not now. What can I do to repay you?

TWO POUNDS REWARD.—LOST, on Sunday night, either in a cab or on the pavement between Berkeley Restaurant and Berkeley-square, a small MOONSTONE BROOCH.

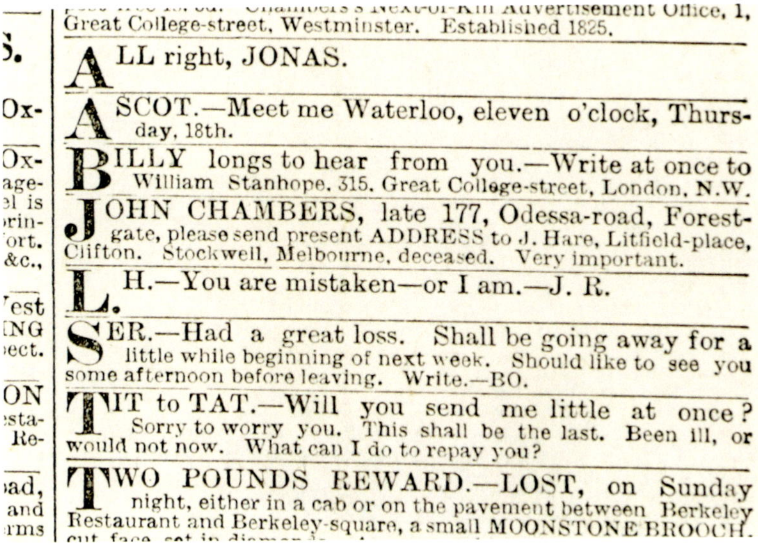

《每日电讯报》私人启事专栏（局部）

1891年6月17日

‘据说亚历山大·罗什福尔已死。我昨天见过你。莫特苦寻10年皆徒劳。’”她补充道，“1701和1705号启事中的字母也作了调整，这次则更为巧妙，单词中的每个字母都须用它的下下个字母来替换。因此破译后的1701号启事内容为：‘雨伞。亲爱的范妮，请到湖边的柳树下见你心烦意乱的朋友。在星空下划船。海风阵阵，轻如羽毛。爱你的自行车。’”艾丽丝·克莱总结道，“这些乍一看完全不知所云的内容，只消耐心破译，便同我们报纸上最简单的英文无异。”然而，这里的“雨伞”和“自行车”究竟指什么我们依然不得而知，虽然克莱能够解开其中的暗号，但许多信息的含义依旧十分私密，着实令人费解。

福尔摩斯在解决“抽3斗烟草才能解决的问题”（《红发会》）时，所展现的正是这种阅读“乍一看完全不知所云的内容”所需要的“耐心”，他费心费力地对案件展开详细调查，这样一来读者倒是省力了。然而，在小说所处的“专注”与“分心”并存的新经济背景影响下，读者一方面会被轻松愉快的通俗读物分散注意力，另一方面又会产生一种愉悦的印象，认为作品在指引自己从大量信息中筛选出有意义的细节。“你不知道该看哪里，所以忽略了所有重要的东西。”《身份案》中福尔摩斯对华生说。若说华生在叙述故事时易受误导，拥有“对细节敏锐的

《泰晤士报》启事页

1891年12月8日

MR. PUNCH'S PERSONALITIES.
XII.—SIR ARTHUR CONAN DOYLE.

观察力和巧妙的推理能力"（《住院的病人》）的福尔摩斯却极少错过重要的细节。"你知道我想要厘清案件中的细节。"他在《四签名》中如是说。然而"耐心"梳理案件的过程和努力却未曾得到完整呈现，只见福尔摩斯加快推理过程，径直切入相关信息，合成结论。"我十分注重细节问题。"他在《诺伍德的建筑师》中如是说，而读者却甚少看到冗余的细节或弯路歧途。这便营造出了一种类似电报的效果：简短、迅速、直截了当。每篇小说的篇幅都不长，现实交流中的诸多"噪音"和冗余内容都被尽数砍去。

破译暗号需要高度集中的注意力，而暗号一旦解开，那些辅助部分，完成了传递核心信息的使命，便不过是失效的媒介，大可扔到一旁。在夏洛克·福尔摩斯的故事中，暗号的破译无异于谜团本身的解开，这两者时常密不可分。同暗号一般，侦探小说也要求读者在阅读过程中集中注意力，但案件一旦侦破，小说便很容易被抛诸脑后。还没等华生或是读者弄明白他是如何侦破案件的，福尔摩斯便一边穿上大衣，一边查看列车时间表，计划着离开了。柯南·道尔无意中发现了一种让作品流行于一时的基本形式，它无关发展或教化，而只关乎作品叙事的处理或消费，以安排或呈现关键信息。这些故事注重的是信息的破译，而非知识的积累。福尔摩斯自己似乎也在消费他的案件，他迅速破案，却只为经手下一个案件："一旦无所事事，我便心绪不宁。给我难题，给我工作，给我最难解的密码。"作为消遣，"密码"让福尔摩斯上瘾，让他欲罢不能，却又永远无法使他满足。作为商品，福尔摩斯小说只能暂且吸引读者的注意力，提供一时的消遣，唤醒他们对下一个故事的渴望。

若报纸本质上具有很强的时效性，那么其上的读者来信专栏、失物招领信息和启事页的时效则无疑更短。它们反映了侦探小说这一形式的短暂性，这种形式不断地自我消费，终究不会让读者留下什么记忆。然而，柯南·道尔的小说不甘彻底沦为一次性文化之流。小说中，于报纸启事的短暂性及密码媒介的偶然性之间抵抗挣扎的还有另一类报纸。这类报纸没有被随手丢弃，反而被小心保管、收藏。尽管福尔摩斯从报纸中摄取信息，而后将其丢在一旁，他却也会一反常态地手持"胶水刷"出现在读者面前（《红圈会》）。在那些厚厚的"剪贴簿"上，他贴上"来自《每日电讯报》《旗帜晚报》和《每日新闻》的报道"（《血字的研究》）。充当档案管理人的有时是福尔摩斯，有时是华生。华生回忆道，"我一一翻看了以前的笔记，把过去的破案成果分门别类"（《证券经纪人的秘书》），而这些"笨重的剪贴簿"（《工程师大拇指案》）同《欧洲大陆地名辞典》《劳埃德船务登记册》及《贵族爵位指南》等其他参考

资料一起摆放在贝克街公寓的书架上。

　　"那些厚重的剪贴簿"（《红圈会》）是福尔摩斯最主要的参考资料。"医生，请你在我的资料索引中查查艾琳·阿德勒这个人。"《波希米亚丑闻》里福尔摩斯对华生如是说。华生随后解释道："多年来，他一直坚持这样一种做法，那便是摘录所有关于人和事的段落，编好摘要备查。因此，要想说出一个他不能马上提供相关信息的人或事，倒还真是不容易。不出所料，这回我也顺利找到了她的生平资料，夹在一位犹太拉比和一位写过一篇深海鱼类专题论文的参谋官的资料之间。"这个精通档案、学识渊博的福尔摩斯似乎同那个迫切消耗报纸、看完随即丢在一旁的福尔摩斯形象截然相反。或许，我们可以从这种渴望保存报纸的焦虑感中窥见作者本人对周围的大众印刷文化的不安。福尔摩斯作摘录的习惯似乎时常伴随着一次大扫除——"等他把摘要贴到剪贴簿上，他兴许会利用随后的两小时将我们的屋子收拾得稍微适宜居住些"（《马斯格雷夫礼典》）。不可思议的是，这种将满大街乱飞并堆满贝克街公寓角落的废报纸和垃圾转化为宝贵资源的决心同小说本身缺乏连续性的特点相持不下。故事间各自相对独立，互不关联，事实上，正如我们所看到的，在这一点上小说反映了《斯特兰德杂志》整体上缺乏连续性的特性。记忆、存档、归类、保存故事的连续性，这些与用电缆传送电报代码的方式几乎背道而驰。电报信号那快捷、毫无重量的电脉冲同福尔摩斯书架上那"厚厚的棕皮书"（《波希米亚丑闻》）和"笨重的"剪贴簿形成鲜明对比。在这里，迅捷似乎与迟缓相碰撞，而这一对比或许也指向了整个夏洛克·福尔摩斯系列小说中一个悬而未决的矛盾。柯南·道尔对 19 世纪晚期这一新兴印刷世界的不安意味着他本应该抛开福尔摩斯，而实际上，福尔摩斯却安然无恙。《斯特兰德杂志》也常被图书馆、学校、家庭装订成册，奉于书架之上，以备不时翻看。而福尔摩斯故事亦被收录成集，编成系列小说再出版，只是哪怕收录装订成书，故事还是不可避免地保留了最初的可任意处置和相互替换的特性。

　　如果这些故事正如柯南·道尔所言，不过是叫人"不务正业"的

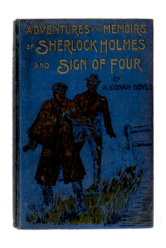

引人注目：明信片上的伦敦卖报人
约1905年

"消遣"而已，那么，反过来说，恰恰是这种对故事短暂生命力的不安使它们得以经久不衰、历久弥新。在某种层面上，这些故事抛出了一个难题，即如何应对日新月异的信息文化环境。最佳策略是什么，速读还是慢读？在大众媒体的快消趋势之下，还有什么是永恒的吗？夏洛克·福尔摩斯探案小说是否看过之后便会消失得无影无踪？显然，它们并未消失，反而广泛流行于现今的文化环境之中，这或多或少得益于柯南·道尔，或许他于无意之中，将对小说可重复性的担忧倾注其中。小说遵循替换的逻辑原理，这一原理不仅是编码和密码学的逻辑所在，也成了破解夏洛克·福尔摩斯不朽之谜的关键。1944年，《贝克街日报》的创始人埃德加·W. 史密斯称这位大侦探是一个"永垂不朽的人"。

如果说密码是依赖替换原理编制的——将字母或单词以其他字母或单词替换，那么也可以说替换是小说中反复出现的一个主题。《铜山毛榉案》中，一人冒名顶替，假扮成另一个人；《证券经纪人的秘书》中霍尔·派克罗夫特先生为另一人所替换；而在《空屋》中，屋内的福尔摩斯实则是一座法国"蜡像"，由甚是殷勤的哈德森太太操纵。然而，替换的逻辑原理并不局限于这些例子。读完构成所谓"夏洛克·福尔摩斯"现象的56部短篇小说和4部中篇小说后，读者很难记清楚某个特定故事的情节，也很难将其与其他故事衔接起来。不可思议的是，赋予福尔摩斯故事经久不衰的吸引力的恰是故事间的这种不连贯性。尽管为快消需求而设计，它们却不是一部连载小说，没能发展为一系列连贯的故事，因此也无所谓始，无所谓终。福尔摩斯处于一种永恒的运动中，而且小说可被反复阅读，重新编排，并无次数限制。一个故事可以替代另一个，因为它们都生动呈现了相同的解谜过程。

柯南·道尔发现，案件间不存在连续性或是线性的时间顺序这一特点使得福尔摩斯不可能被抛开。他的的确确是"不朽的"。正因其不朽，他可以通过印刷、戏剧、广播、电影、电视等任何技术或技艺形式复活再生。那么，我们再三探讨的福尔摩斯的"不朽"，与其说是因为一种保守的怀旧，不如说是因为故事本身那独特的、多少有些偶然的现代性。马特·希尔曾说："福尔摩斯代表着善良的、衣着光鲜的中产阶级——拥有仆人、传记作者、助手以及侦破案件的酬劳。"当谈由史蒂文·莫法特和马克·加蒂斯主创、英国广播公司出品的 2010 年度热播电视剧《神探夏洛克》时，他悲观地提醒我们："我们没有看到，虽然剧中演员摇身一变，裹着笔挺的套装，穿着时髦的廓形大衣虚张声势，但这些重启剧实则已倒退至文化永恒这一观念的死胡同里。"我不以为然。如果我们将这些故事置于它们创作之初的媒体背景下，一成不变地将其看作某种意义上只流行于一时的作品，那么这样一种悲观的"保守主义"解读终究是不充分的。本尼迪克特·康伯巴奇演绎的夏洛克·福尔摩斯并没有"裹着笔挺……时髦的廓形大衣虚张声势"，因为故事的创作背景始终是那个越来越多的人享用得到、享用得起"时尚"的时代，而目标对象则是新兴的快消文化中一家发行量巨大的廉价杂志的广大读者群体。在 19 世纪 90 年代，夏洛克·福尔摩斯相当"时髦"，时至今日，福尔摩斯现象仍代表着这种流行于一时的快消商品，时刻就位，不断前进，不断传播，而且总是充满乐趣与吸引力，因为它从未"完结"。这一解读没有脱离商品的定义——一种典型的可流通的"物"，却又抵制了"中产阶级"式解读中的悲观主义，因为它过早地忽略了娱乐的大众化过程以及阅读本身的重要性，而这正是福尔摩斯故事不可或缺的部分。而"保守的中产阶级"式解读则拒绝承认这些故事曾以某些复杂的方式同新兴的公共领域、短暂性的印刷文化相碰撞，也缺乏对 19 世纪晚期的消遣、休闲和娱乐情况的崭新理解。

毫无疑问，到了 21 世纪，"能够从众多的事实中辨认出哪些是首要的，哪些是次要的"仍旧至关重要，而且这不断发展的网络媒体文化更是危机四伏，让我们的"精力和注意力非但不能集中，反而会被分散"（《赖盖特之谜》）。福尔摩斯小说在吸引我们的注意力的同时，又允许我们适当分神，到今天，这种微妙的形式仍在训练我们更好地适应这飞速发展的信息文化中时断时续的节奏，因为，与具有强烈现代性的 19 世纪晚期相比，我们的进步或许并没有想象中的那么大。

时尚转型？
本尼迪克特·康伯巴奇饰演
夏洛克·福尔摩斯

> 飞快地，我们从伦敦各色区域的边缘掠过，依次经过时尚区、旅馆区、剧院区、文学区、商业区和海运区，直至来到一座河滨小城，这里聚居着 10 万人，一座座廉价租房中闷热难耐，蒸腾着欧洲流亡者的恶臭。
>
> 《六座拿破仑半身像》

夏洛克·福尔摩斯
故事中的伦敦地图

创作《血字的研究》与《四签名》这两部最早的福尔摩斯中篇小说时，阿瑟·柯南·道尔对伦敦的了解十分有限。为了规划福尔摩斯和华生穿过伦敦的路线，他参考了一幅当时的伦敦邮局地图。伦敦的规模之大及复杂程度之深意味着需要借助地图才能弄清其城市空间布局，尤其是那成千上万的街道和小巷，以及不计其数的桥梁和火车站。随着铁道网络的延伸，伦敦郊区也在不断扩展，都市日新月异，地图须得时时更新。著名的《伦敦贫困地图》中，布思用不同的颜色标出不同收入等级和社会阶层的居民在城中每条街道上的分布情况。他用 8 种不同的颜色来区分不同的社会阶层。黑色的街道居住着"最底层的人：恶棍和准罪犯"，而黄色或是金色的街道则居住着"上层中产阶级和上等人：富人"。

❋

《伦敦：邮局地址录》

《伦敦》：专为邮局地址录绘制和刻板

1884 年

凯利公司

❋

第 220 页至第 223 页：查尔斯·布思的手工上色地图
《伦敦贫困地图》原稿局部
1888 年—1891 年

《伦敦：邮局地址录》

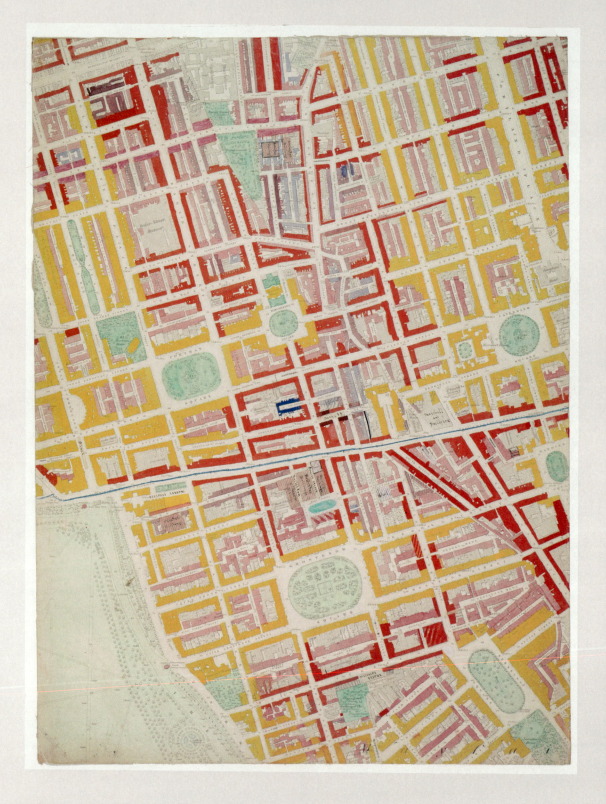

贝克街附近　查尔斯·布思

皮卡迪利广场附近　查尔斯·布思

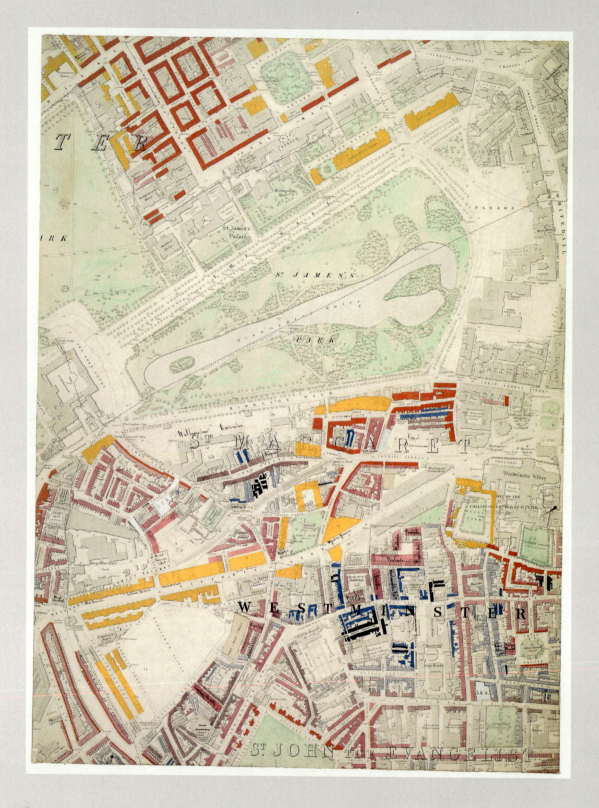

威斯敏斯特 查尔斯·布思

兰贝斯　查尔斯·布思

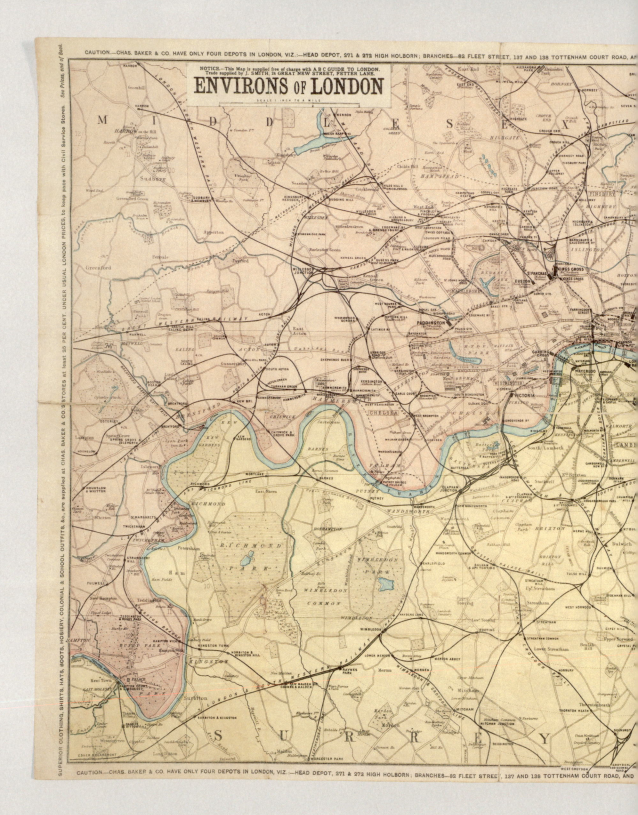

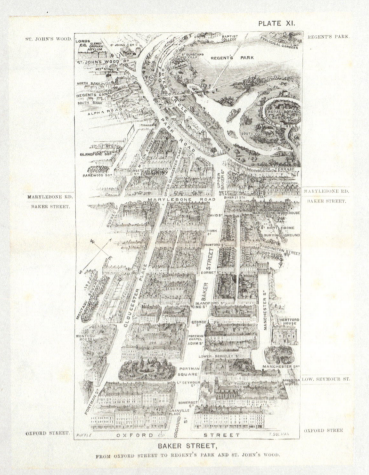

*

《贝克街鸟瞰图》

摘自赫伯特·弗赖伊的《伦敦》

1887 年

　　了解伦敦的方方面面是我的一个爱好。

《红发会》

---

*

查尔斯·贝克的《伦敦郊区》地图

摘自美国广播公司的《伦敦旅行指南》

1884 年

《贝克街鸟瞰图》

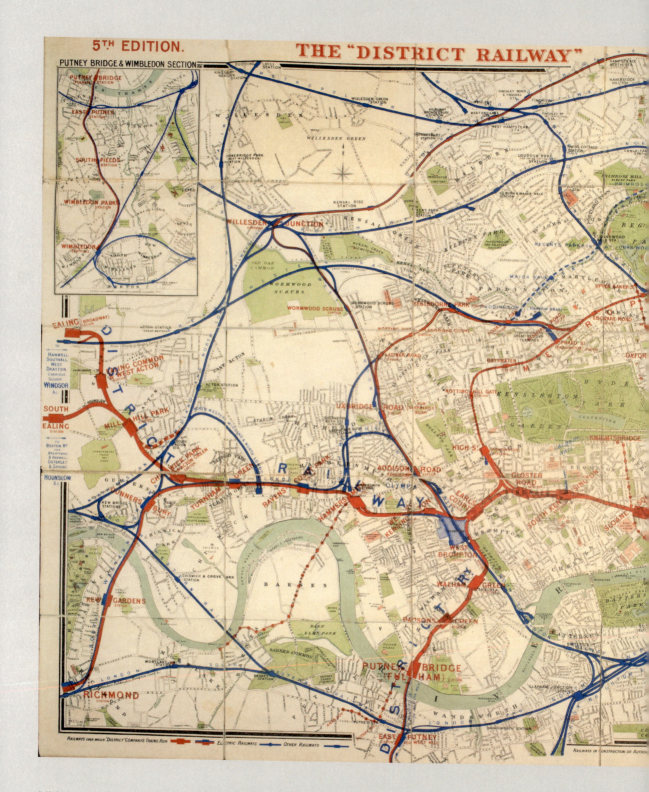

《伦敦各区铁路线路图》

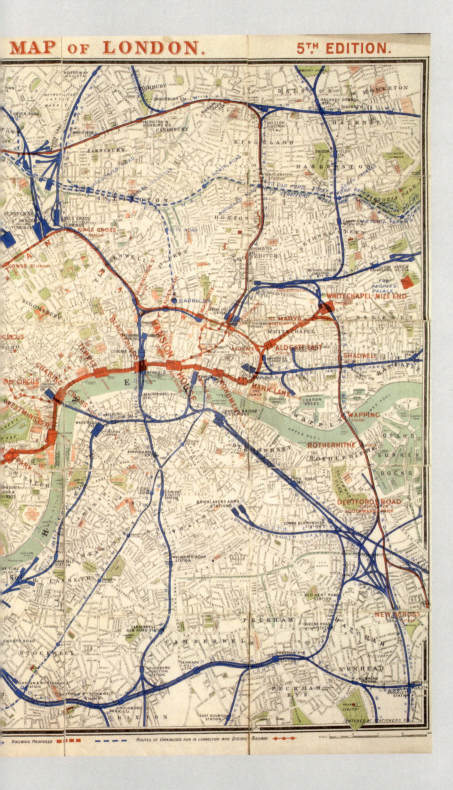

《伦敦各区铁路线路图》
第五版
约 1892 年

《伦敦各区铁路线路图》

227

无声的夏洛克们：福尔摩斯和早期电影

纳萨莉·莫里斯 著

　　影视作品向来钟爱夏洛克·福尔摩斯。迄今为止，单是改编的福尔摩斯影视作品就不下数百，更别说基于他英勇事迹的林林总总的舞台剧和广播节目了。福尔摩斯不仅跨越了媒体形式，也跨越了洲界，其故事在全世界广为流传，并成了英国重要的文化出口作品。近来的影视作品，如《大侦探福尔摩斯》和《大侦探福尔摩斯：诡影游戏》，以及巧妙地将福尔摩斯搬到 21 世纪的英国广播公司电视剧《神探夏洛克》，都表明首次出版亮相后的这百余年里，夏洛克·福尔摩斯的魅力从未衰减。

　　不过，众所周知，阿瑟·柯南·道尔爵士对自己最伟大的作品却不甚待见。1893 年，在小说《最后一案》中，他甚至试图赶尽杀绝，不过 10 年后，他还是不得不将其复活。那时，福尔摩斯已在报纸、舞台和银幕上获得了自己的生命力，因此丝毫不受原著支配。《斯特兰德杂志》上悉尼·佩吉特创作的插画使得早期的福尔摩斯形象深入人心，也影响了后来的福尔摩斯舞台形象，在这一点上美国演员威廉·吉列特亦是功不可没，他改编福尔摩斯故事，并于 1899 年首次主演了轰动一时的舞台剧《夏洛克·福尔摩斯：四幕剧》。那以后一直到 1930 年 7 月柯南·道尔逝世的这几十年间，电影这一新兴媒体形式不断发展，无数的福尔摩斯形象开始在各色改编及戏仿作品中涌现。

　　本章着眼于早期的福尔摩斯影视作品，从关于他的第一部电影的诞生一直梳理到柯南·道尔逝世之后，主要探讨柯南·道尔小说原著的重要性、《斯特兰德杂志》中佩吉特的插画，以及吉列特对这位大侦探的早期银幕形象的影响。文章内容包括对各国各类型影视作品的调查，对

MR. WILLIAM GILLETTE AS SHERLOCK HOLMES.

IN HIS BIRD'S-EYE CLOUDS HE SEES HIS SWEETHEART, THE "BASHER," THE FRENCH MAID, HIS PAGE-BOY, THE
SCOUNDREL LARRABEE, AND THE VILLAIN MORIARTY.

舞台剧演员威廉·吉列特在
1899 年的《夏洛克·福尔摩斯：
四幕剧》中所刻画的福尔摩斯
形象在默片时代极具影响力
吉列特本人于 1916 年在电影中
扮演福尔摩斯，遗憾的是，该电影的
胶片已经丢失

导演塑造福尔摩斯形象的不同方式的研究，以及对作者本人的寥寥几次
反应的记录。作者生前授权改编的作品数量远远不敌那些仅仅将福尔摩
斯这一角色搬到全新背景中的作品的数量。本文将对这些不同的创作手
法作详细探讨，尤其侧重分析后来直接取材于原著，获得作者授权的英
国（或英法合作）的改编影视作品。其中最重要的无疑是斯托尔电影公
司于 1921 年至 1923 年间出品的两部长片和 45 部短片，影片促进了侦探
类故事电影叙事手法的发展，片中艾利·诺伍德的表演也塑造了福尔摩

斯的偶像形象。

　　福尔摩斯故事被不断改编成银幕作品期间，柯南·道尔也在断断续续地创作新的福尔摩斯小说。最后一篇福尔摩斯小说《肖斯科姆别墅》于 1927 年发表，距福尔摩斯初次亮相已有 40 年。这意味着在柯南·道尔继续为这个角色创作主要以维多利亚时代为背景的新冒险故事之时，他周围已源源不断地涌现出对福尔摩斯的各式现代演绎，影响着观众对这位大侦探的形象和个性的看法。虽然对福尔摩斯的出色演绎会让柯南·道尔欣喜，可别人究竟如何展现福尔摩斯的形象，他却不甚在意。他通常只关心自己更为"严肃的"小说的改编情况，如《坦珀利家族》《格德尔斯通公司》和《罗德尼·斯通》。当威廉·吉列特发电报询问可否在剧本中添加感情戏及福尔摩斯结婚的情节时，柯南·道尔给出了著名的回答："结婚，谋杀，不论什么，悉听尊便。"

早 期 电 影

　　第一部以夏洛克·福尔摩斯为主角的电影是美国电影放映机与传记公司出品的《福尔摩斯的困惑》。当时影院还未诞生，这部长度还不足一分钟的戏法电影最早只能在投币式西洋镜中播放，一次只容一人观看。利用这种新奇的媒体技术，影片中闯入贝克街的小偷可以自由地出现或消失，叫由某不知名演员饰演的福尔摩斯犯了难。片中侦探身着独特的长款晨衣，从中不难看出他模仿的正是当时最著名的福尔摩斯改编作品《夏洛克·福尔摩斯：四幕剧》中威廉·吉列特的舞台造型。

　　早期的另一部戏仿作品是丹麦电影《夏洛克·福尔摩斯在埃尔西诺[1]》，随后各色戏仿剧和滑稽剧相继出现，如《大侦探赫姆洛克·霍克斯》（波兰卢宾）、法国百代电影公司的"查利·库姆斯"系列、《傻瓜夏洛克》（卡莱姆公司）和《跃鱼奇案》（三角艺术公司），《跃鱼奇案》中道格拉斯·费尔班克斯饰演侦探科克·艾尼代，该名暗指福尔摩斯

----

[1]　赫尔辛格的旧称。

HOLMES RETURNING THE PACKET TO MISS FAULKNER—ACT I

那不太光彩的吸毒劣习 [1]。不过，随着电影叙事手法的日渐成熟，以及放映时间的延长，出现了一批更严肃的福尔摩斯电影作品，特别是在北欧。1905 年，美国维塔格拉夫公司出品了由小说《四签名》改编的电影《福尔摩斯历险记》，人们普遍认为片中饰演福尔摩斯的是莫里斯·科斯特洛。1908 年至 1911 年间，早期默片时代的主力军——丹麦诺迪斯克公司出品了 12 部福尔摩斯系列电影，无一基于原著。其中两部讲述的

----

[1]　"科克（Coke）"在俚语中可指"可卡因（cocaine）"。

是福尔摩斯与绅士大盗拉菲兹斗智斗勇的故事。拉菲兹原是阿瑟·柯南·道尔的妹夫 E. W. 赫尔南笔下的人物。让这位大侦探与其他作者笔下的著名罪犯一较高下是早期影视改编的惯常手法，这一做法也为后来 20 世纪的影视改编开了先河，例如，在电影《恐怖的研究》与《午夜谋杀》中，同福尔摩斯较量的便是近乎神话般的人物开膛手杰克。

　　几乎就在诺迪斯克公司紧锣密鼓地筹备福尔摩斯系列影片期间，德国的维塔斯考普公司亦出品了包含 5 部作品的电影系列"亚森·罗平智斗夏洛克·福尔摩斯"。该系列改编自法国著名小说家莫里斯·勒布朗的作品《亚森·罗平智斗福洛克·夏尔摩斯》，剧中，柯南·道尔笔下的大侦探同勒布朗的无赖飞贼狭路相逢。（柯南·道尔拒绝授予勒布朗使用福尔摩斯姓名的权利，而维塔斯考普公司则无此顾虑。）同福尔摩斯一较高下的还有其他作品中的虚构侦探，例如 1912 年的法国电影《天外有天》（原版片名已不可考，该名翻译自德语版片名）。影片中，福尔摩斯与侦探尼克·卡特、尼克·温特，还有纳特·平克顿斗智斗勇，他们分别出自法国伊克莱尔、百代和日食电影公司推出的系列电影。遗憾的是，这一回福尔摩斯未能夺得头筹，较之纳特·平克顿，他反倒棋差一着，着实不可思议。许是因《血字的研究》中福尔摩斯对小说里的法国侦探杜邦和勒考克嗤之以鼻，法国人伺机报复也未可知。

　　第一次世界大战的爆发并未终止德国人对这位英国大侦探的痴迷。1914 年，维塔斯考普公司推出电影《巴斯克维尔的猎犬》，由阿尔温·诺伊斯饰演福尔摩斯。影片基于早期舞台剧的改编剧本，而非柯南·道尔的原著，因而自由度较高。据杰伊·魏斯贝格所言，影片以苏格兰为背景，而故事中出现的拿破仑半身像、秘密管道等，应是出自路易斯·弗亚德执导的法国犯罪系列片，如《方托马斯》和《吸血鬼》。《巴斯克维尔的猎犬》甫一上映便大获成功，由原班人马打造的续集旋即投入拍摄，5 部续集紧锣密鼓地筹备开来，欲在 1920 年前上映。

英国人来了

这期间，英国制片公司终于按捺不住了。1912年，由一只叫"点点"的小狗主演的戏仿喜剧片《小狗福尔摩斯》（城市贸易公司）上映。与此同时，由伊克莱尔公司（英法合作）出品的第一部获得正式授权的改编电影上映。1911年，柯南·道尔将福尔摩斯的电影改编权售予法国伊克莱尔公司，据作者本人回忆，授权费用不过是"一笔小钱"。在当时以及随后的一段时间里，文学作品的影视改编权问题多少有些含混不

* 默片时代出现过许多滑稽剧和戏仿剧，如英国的这部《小狗福尔摩斯》
1912年

清。正如我们所看到的，在 20 世纪的头 20 年里，欧洲和美国的电影制作商视福尔摩斯这一角色与柯南·道尔的原著情节如儿戏。尽管事态在短期内未能得到控制，但 1911 年出台的《版权法》拓宽了版权保护的范围，将动态影像也纳入其中，并且正式承认未经授权的影视改编是对文学作品版权的侵犯。柯南·道尔便抓住机会，从有意将福尔摩斯搬上银幕的电影制作商身上获取一些经济利益，如此一来，伊克莱尔公司便得以制作第一部获得正式授权的福尔摩斯电影《夏洛克·福尔摩斯历险记》，影片由维克多兰·雅塞执导，亨利·古热饰演福尔摩斯。

第二年，该公司开始筹划由英法联合制作的系列电影。该系列影片虽由法国演员乔治·特雷维尔自导自演，但影片中的其他演员均为英国人，拍摄地也为英国南部。该系列共有 8 部电影，片名均取自原著标题。然而，我们有幸见到的只有《铜山毛榉案》和《马斯格雷夫礼典》两部。因为急于强调自己的官方地位，伊克莱尔公司公开宣传柯南·道尔亦参与了制作，甚至宣称一些片名也是在作者的"亲自指导"下拟定的。无论宣传内容是真是假，拥有官方授权这点无疑被视为影片的一大卖点。有了官方授权，这些电影便得以同大多数哗众取宠的福尔摩斯系列犯罪影片划清界限，进而吸引一批不同阶层的、教育水平更高的电影爱好者走进影院。

这些影片虽获授权，但却未能严格忠于原著。大卫·斯图尔特·戴维斯指出，以《斑点带子案》为例，片中福尔摩斯乔装成一个外国富人，前去拜访气派的格里姆斯比·罗伊洛茨医生，请求他允许自己同他的继女结婚。同样，电影《铜山毛榉案》与原著也有较大出入，影片按时间顺序重新呈现了一系列事件，使故事的神秘感大打折扣。在原著的开篇，维奥莉特·亨特小姐前来向福尔摩斯咨询一个奇怪的问题，有人聘任她为家庭教师，不过要求她将长发剪短。福尔摩斯随即展开调查，铜山毛榉地区的怪事也一桩桩浮出水面。然而，电影却率先交代推动整个事件展开的背景故事——杰夫罗·鲁卡斯尔为阻挠女儿的婚事而生生将她囚禁起来。紧接着一张插卡字幕将鲁卡斯尔聘请亨特小姐的动机交

詹姆斯·布拉金顿，一名没有任何
表演经验的电影公司职员，因其长
相酷似这位大侦探而被选中在电影
《血字的研究》中饰演福尔摩斯
1914 年

代得一清二楚："鲁卡斯尔在韦斯塔韦介绍所寻觅一名相貌与他女儿相
仿的家庭教师。"而福尔摩斯本人一直到影片中途才登场，因而在结尾
真相大白之前，观众对案情的了解反而比这位大侦探多。在这一点上，
电影《铜山毛榉案》的叙事方法同许多早期犯罪和侦探电影并无二致。
正如默片研究者汤姆·冈宁在一篇探讨同时代的法国系列片《方托马
斯》的论文中所言，早期的犯罪故事对观众几乎毫无隐瞒。早期的电影
制作人显然"怀疑观众对非线性叙事结构的理解能力"，尤其担心"他

们恐怕会曲解已呈现的事件的含义"。

如何在银幕上讲述一个错综复杂的悬疑故事一直是早期电影叙事的难题。1914 年，英国第一部基于福尔摩斯原著的电影长片《血字的研究》上映。遗憾的是，该影片已经失传了，不过据评论和当时的简介来看，片中的故事情节亦是按时间顺序重新编排的，而不是像 1887 年发表的小说原著中那样一步一步解开谜团，进而梳理前因后果的。于是乎影片一开始便以犹他谷（于英国绍斯波特沙丘取景）为背景展开，随后交代露西·费里尔与杰斐逊·霍普的故事，以及霍普一路追踪他的仇敌，伺机复仇的情况。因而便有评论称福尔摩斯一直要到放最后两卷胶片，霍普终于逼近其追杀对象时才登场。

《血字的研究》中，福尔摩斯由一名外貌酷似福尔摩斯的不知名的电影公司员工詹姆斯·布拉金顿饰演。影片导演乔治·皮尔逊坚信这个角色的塑造"很大程度上取决于演员的外貌、体形、身高及其举手投足"，并认为布拉金顿虽非科班出身，但在自己的指导下也足以胜任这一角色。尽管皮尔逊公开表示自己对结果甚为满意，但两年后拍摄《恐怖谷》时，布拉金顿却没有出演福尔摩斯，取而代之的是著名的舞台剧演员 H. A. 圣茨伯里。由于在英国版的《夏洛克·福尔摩斯》（威廉·吉列特改编版舞台剧）和后来柯南·道尔亲自改编的舞台剧《斑点带子案》中出演福尔摩斯，圣茨伯里已成为该角色的代名词。不过，圣茨伯里的表演参考了威廉·吉列特的，后者饰演的福尔摩斯无疑是当时最具影响力的版本。1916 年，埃森内电影公司将舞台剧《夏洛克·福尔摩斯》改编成电影，吉列特诠释的福尔摩斯最终得以登上大银幕。大卫·斯图尔特·戴维斯指出，当时许多著名舞台剧演员收到好莱坞的邀请，电影公司希望在银幕上重现他们扮演过的最经典的角色，该电影正是在这样的历史背景下拍摄的。然而，一如《血字的研究》与《恐怖谷》，该影片也不幸失传了。

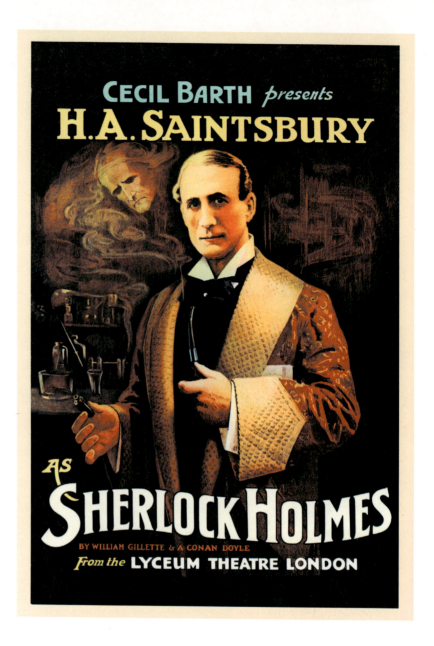

斯托尔与夏洛克

　　1920 年，英国斯托尔电影公司买下福尔摩斯短篇小说和《巴斯克维尔的猎犬》《四签名》两部中篇小说的电影改编权，并邀请艾利·诺伍德出演福尔摩斯，这一发展在福尔摩斯电影史上可谓至关重要。柯南·道尔以据说是卖出时"正好 10 倍"的价格从伊克莱尔公司手中买回了福尔摩斯的电影改编权,而与斯托尔电影公司的新合约将确保他获得电影收入总额 1/10 的提成。斯托尔电影公司由综艺剧院经理奥斯瓦尔德·斯托尔爵士创办,意欲拍摄高品质的英国电影,在英国本土同好莱坞竞争。实现这一战略决策的关键在于改编时下流行的通俗文学,斯托尔电影公司拍摄了数量可观的电影,冠之以统一的系列名"英国著名作家作品"并加以宣传。夏洛克·福尔摩斯系列影片无疑是这个项目的重头戏。从 1921 年的"夏洛克·福尔摩斯历险记"系列开始,公司一连三年,每年推出 15 部两卷胶片长度的短片——1922 年的"夏洛克·福尔摩斯再历险"系列以及 1923 年的"最后的历险"系列。此外还有两部长片,即 1921 年的《巴斯克维尔的猎犬》和 1923 年的《四签名》。

总体看来,将福尔摩斯小说改编为一系列电影短片(每部时长约 30 分钟)是个不错的选择。两卷胶片的长度意味着无须刻意填充电影情节以达到长片的放映时长。早在 1891 年,福尔摩斯系列短篇小说便已搭乘一期期《斯特兰德杂志》迅速在大众读者中流行开来,而斯托尔电影公司每周放映一部影片的方式,又利用了这一策略。当时,柯南·道尔敏锐地察觉到,对于寻求稳定读者群体的出版物而言,那时发表于许多流行杂志上的连载小说既是助力也是障碍,"因为读者迟早会漏掉其中一期,之后对这个故事就再提不起兴趣了",而系列小说,因为其中的各个故事相对独立,却又不乏贯穿其中的中心人物,所以能帮助出版物拴住读者的心。正如《斯特兰德杂志》的历史学家雷金纳德·庞德所言:"读者可以充分享受系列小说中前后呼应的精彩内容,却不必每一期都看。"20 世纪 20 年代的节目混杂多变,包括新闻短片、广告、卡通以及其他形形色色的短片、长片,斯托尔电影公司的影片本会沦为其中的一部分,所幸,公司另辟蹊径,每周公布放映时间表,并为每部电影单独发布海报和新闻,以捕获一批定期观影的忠实观众。影片内容各自独立,观众哪怕错过一部也不妨碍——他们可以等到下周,期待大侦探破案的精彩继续。

在斯托尔电影公司的影片中出演福尔摩斯的是戏剧演员艾利·诺伍德。虽年届花甲，艾利·诺伍德却无疑是饰演该角色的不二人选。对待这一角色，他极其严肃、认真，不仅潜心钻研原著，更从悉尼·佩吉特的原版插图中寻找视觉线索。为了还原福尔摩斯典型的高额头，他主动剃了头发，在设计适合银幕的乔装造型方面，他更是乐此不疲。在《斯特兰德杂志》（很是应景）的一次访谈中，他谈道："再绝妙的舞台乔装术也不适用于大银幕，任何接缝、线条和小把戏都会被摄像头敏锐地捕捉到，并暴露在银幕上。"此外，当除去身上的伪装时，他展现在观众面前的不能是艾利·诺伍德这个演员，而必须是艾利·诺伍德饰演的夏洛克·福尔摩斯。尽管困难重重，斯托尔电影公司还是大胆地在影片中

※
艾利·诺伍德、休伯特·威利斯
和导演莫里斯·埃尔维在
《修道院公学》的拍摄现场
斯托尔电影公司的系列影片多以伦敦
及其郊区为外景拍摄地

使用了伪装，并且将其作为一种叙事手段和视觉享受的源泉——一种长久以来为戏剧行业所认可的表演技巧。在整个系列中，诺伍德先后乔装成教区牧师、伦敦出租马车车夫、舞台剧演员、日本大烟鬼、报纸小贩以及一个蓄着胡子的外国间谍，此外还有形形色色的流浪汉和小贩。

斯托尔电影公司的系列影片也呈现了原著中另一个至关重要的元素——福尔摩斯与华生的关系。早期的福尔摩斯影片中，华生这一角色只有轻描淡写的几个镜头。而斯托尔电影公司的系列影片中，他每一部均有出场，只不过在长片《四签名》中，为给迷人的玛丽·摩斯坦小姐（由伊索贝尔·埃尔瑟姆饰演）搭一个更般配的爱慕对象，在该系列中饰演华生的常驻演员休伯特·威利斯被换成了更年轻的阿瑟·库林。华生的加盟更有效地凸显出福尔摩斯的才能和品质——众所周知，华生善良、热心，衬托着福尔摩斯惯有的冷漠却有条有理的举止，他俩唯有比肩共事才能碰撞出最耀眼的火花。华生的出场也为导演提供了一个选择，即像原著一样，以华生的视角来讲述故事，或是一些故事的片段。事实上，通过巧妙地讲述故事和展示福尔摩斯的推理能力，斯托尔电影公司的系列影片呈现了一组精彩绝伦的叙事和拍摄手法。这是电影改编作品第一次真正捕捉到柯南·道尔原著中那深厚的电影本质。虽然最早的福尔摩斯小说先于影院诞生，但是，同查尔斯·狄更斯和托马斯·哈代等 19 世纪作家的作品一样，柯南·道尔的小说在结构和语言方面称得上独具"电影性"。

在 1944 年发表的论文《狄更斯、格里菲思与今日电影》中，电影导演兼理论家谢尔盖·艾森斯坦从狄更斯的小说入手，一直探讨到 D. W. 格里菲思和叙事电影的技巧。他坚称狄更斯的作品"在叙事手法、风格，尤其是观点及阐述上和电影有相似的特点"，并在其作品中找到了蒙太奇、特写镜头、主观镜头甚至叠印等电影艺术手法的文学表现形式。这一观点也同样适用于柯南·道尔，他投入创作的时间为 19 世纪晚期，晚于狄更斯，却更接近影院的兴起。福尔摩斯小说的许多方面都印证了柯南·道尔对"电影性"的感悟。同狄更斯一样，柯南·道尔以

※

1923 年的《四签名》电影海报
海报宣传的是该电影在澳大利亚的上映，然而上面的夏洛克·福尔摩斯与艾利·诺伍德毫无相似之处

伦敦这座城市为背景，设置了一系列极具"电影性"的场景和时刻，他对光线与动作的描写生动又极富戏剧性，对环境和事物的描摹往往辅以生动的视觉细节，仿佛电影中的定场镜头与特写，而人物的出场亦具有电影般的画面感。作为叙述者的华生就好比一架摄影机，故事几乎总是透过他的"镜头"呈现在读者眼前。他对故事的看法和讲述左右着我们能看见、获悉的东西，就好比摄影机为了左右我们对故事的理解，有意呈现一些东西而保留另一些。斯托尔电影公司的改编作品摒弃了早期改编电影简化和线性化的特点，转而深入挖掘这种"电影性"。

执导"夏洛克·福尔摩斯历险记"系列短片和两部长片的导演莫里斯·埃尔维极其注重保留原著的结构，虽然当时他心中百般忐忑，不知观众对这种从犯罪案件回溯前因的倒叙手法会有何反应。总体看来，电影甚是成功，影片不时采用有限视角和灵活的闪回手法，偶尔也让观众费些头脑。例如，在影片《临终的侦探》中，案件起初留足悬念，随后在闪回中重新讲述，而每次重述都是对事件本身的补充，更多细节浮出水面，屡屡挑战观众对案件的理解。一开始面对邪恶的卡尔弗顿·史密斯时，福尔摩斯显得棋差一着，闪回中他的绝顶聪明才得以充分展现。

默片及其中的插卡字幕非但不会减损故事的趣味，反而能够促使观众积极思考，鼓励他们充任侦探，阅读呈现在眼前的线索。影片《歪唇男人》中，插卡字幕凸显了推理的过程。当福尔摩斯向华生描述警方对内维尔·圣克莱尔（由罗伯特·瓦利饰演）最后露面的房间进行的调查时，相应的镜头中便会加入插卡字幕来呈现种种线索，例如血指纹，以及装满铜币的沉甸甸的大衣口袋。在这一过程中，这些卡片似乎也在同银幕前的推理者直接对话，将他们拉进电影的世界。

尽管"夏洛克·福尔摩斯历险记"系列的改编者威廉·J.埃利奥特称，"若将故事概述的破案过程一五一十呈现，观众势必兴味索然——普通观影者可没有观看一个人用放大镜研究泥土或是烟灰的兴致"，但事实上，在影片的不少场景中，我们仍然可以看到福尔摩斯趴在地上，四下寻找线索。在展现其观察与思考的过程时，影片则常常使用一种高度视觉化且别出心裁的电影手段。电影《铜山毛榉案》中，一系列叠印的闪回镜头表明福尔摩斯正在脑中飞快地梳理维奥莉特·亨特小姐的证词。电影《绿玉皇冠案》中同样采用了叠印的手法，将福尔摩斯对盗窃案当晚那一连串的脚印究竟是如何出现的这一难题的思考过程可视化。镜头在福尔摩斯与其所见所获间来回切换，我们也得以看到他的推理过程。

这些电影的可圈可点之处还在于包含大量的外景拍摄。电影《绿玉皇冠案》中福尔摩斯的调查过程实则是在艾利·诺伍德位于伊灵的自家花园中拍摄完成的（斯托尔电影公司在宣传这部电影时也利用了这一点），而其他几部电影则取景自更具辨识度的地点，多样的城市、郊区和乡村景观也为故事提供了丰富的背景。起初，导演莫里斯·埃尔维发起了一次备受瞩目的寻找"真正的"221B号的行动（他暂且认定它在144号），而且影片中的许多场景都是在贝克街拍摄的。不过，使用街道作为常规拍摄地点很快给导演带来了难题："只要有一两辆车停着……'拍电影的人'在这边的消息就传开了。一传十，十传百，比无线电还快——转眼间，方圆几英里的勤杂工全都赶到了现场，而且怎么也不肯离开！他们先是找到摄影机，然后想方设法窜到镜头前，无论如何也要守在那儿。"

用大衣将摄影机藏好的努力宣告失败，埃尔维只好让艺术指导沃尔特·默顿在斯托尔电影公司的克利克伍德工作室按实际大小建了一个221B号公寓正门。虽然耗资巨大，但考虑到系列电影制作周期之长，这样布置场景也是合理的，这一布景一直保留到1923年。

在其他地点的拍摄工作相对顺利得多。"大衣覆盖摄影机"的伎俩在拍摄《歪唇男人》期间似乎行得通，例如，片中出现记者乔装的乞丐在皮卡迪利广场行乞的几个简短镜头。《波希米亚丑闻》中的内景和外景则拍摄于圣马丁巷的大使剧院。片中福尔摩斯去看艾琳·阿德勒演出的场景在原著中并未出现，不过从中可以看出英国默片与剧院的密切联系，以及其中体现出的对剧院的痴迷。斯托尔电影公司的公关人员一如既往地就这一点大肆宣传，确保这个故事能同时登上行业刊物与大众传媒的平台。据《泰晤士报》提前报道，在拍摄当天早上观看伦诺克斯·鲁宾逊喜剧《白头男孩》的观众将接到邀请，"于落幕后在座位上静候半小时，参与随后的电影拍摄"。福尔摩斯与华生先是坐在观众席上，然后福尔摩斯作为演员参与影片本身的拍摄，这样的场景着实叫人印象深刻。尽管拍摄的是20世纪20年代独特的伦敦景象（《泰晤士报》迫不及待地指出，第一部福尔摩斯小说出版时，大使剧院尚未建成），斯托尔电影公司的系列影片却坚定地将福尔摩斯置于他的"自然栖息地"中，即这个伟大的现代都市。在1923年的长片《四签名》中，这一点更是被演绎得淋漓尽致，电影将故事末尾的水上追逐战重新打造为一场惊心动魄的好莱坞式视觉盛宴，福尔摩斯驱船在泰晤士河中追捕罪犯，沿途主要的伦敦地标建筑被一一收入镜头之中。

斯托尔电影公司的系列影片亦叫作者柯南·道尔叹服不已。在他看来，这些影片堪称"卓越"，他甚至同意出席斯托尔电影公司1921年的年会晚宴，以对电影制作者表示祝贺，会上他热情地表达了自己对诺伍德的表演的欣赏，认为在插画家悉尼·佩吉特、演员威廉·吉列特与H. A. 圣茨伯里对福尔摩斯的出色诠释之后，诺伍德的表演是最新的。兴许是斯托尔电影公司新改编的系列影片再一次唤醒了作者对自己笔下大侦探的兴趣，或者至少是对这一作品商业化可能性的兴趣，当月，小说《王冠宝石案》在《斯特兰德杂志》上刊登，这是继1917年的《最后致意》后发表的首部新福尔摩斯小说，改编自柯南·道尔同年3月推出的独幕剧《王冠钻石》。1923年，斯托尔电影公司将《王冠宝石案》搬上银幕，完整呈现了媒体形式的循环过程。柯南·道尔认为该系列影片唯一的缺憾——据多年后他在回忆录中所言——便是上文提到的影片背景。电影以现代的伦敦为背景，并"加入了电话、汽车等维多利亚时代的福尔摩斯做梦都未曾想到的奢侈品"。不过，在这之前以及之后的一段时间里，没有一部福尔摩斯影片有意还原维多利亚时代的伦敦。这一局面一直持续了16年，直到1939年20世纪福克斯电影公司推出由巴兹尔·拉思伯恩主演的电影《巴斯克维尔的猎犬》才得以打破。

　　1922 年的美国电影《夏洛克·福尔摩斯》亦采用了当时的时代背景，由约翰·巴里穆尔饰演年轻的福尔摩斯。片中尚是剑桥学生的福尔摩斯在学校里首次同穷凶极恶的莫里亚蒂犯罪团伙狭路相逢。电影由高德温电影公司 [1] 出品，改编自当时他们唯一获得授权的福尔摩斯作品——威廉·吉列特经久不衰的舞台剧《夏洛克·福尔摩斯》。该电影上映时正是斯托尔电影公司的系列影片发行期间，并恰在两部长片（1921 年的《巴斯克维尔的猎犬》和 1923 年的《四签名》）的上映时间之间。影片因取景于伦敦而增色不少，不过总体上仍旧乏善可陈，被认为略显

1　　后与米特罗电影公司、路易斯·梅耶电影公司合并为米高梅电影公司。

沉闷、呆板，且插卡字幕过多。此外，因福尔摩斯系列电影的版权问题，高德温电影公司起诉了斯托尔电影公司，由此还导致了柯南·道尔与威廉·吉列特之间的嫌隙。案件的诱因是高德温电影公司因购买了吉列特舞台剧的电影改编权，便以夏洛克·福尔摩斯的名义主张权利。柯南·道尔被要求出庭作证，尽管法院最终站在了斯托尔电影公司一方，但这一法律纠纷就此改变了柯南·道尔与威廉·吉列特之间富有成效的长期合作关系。

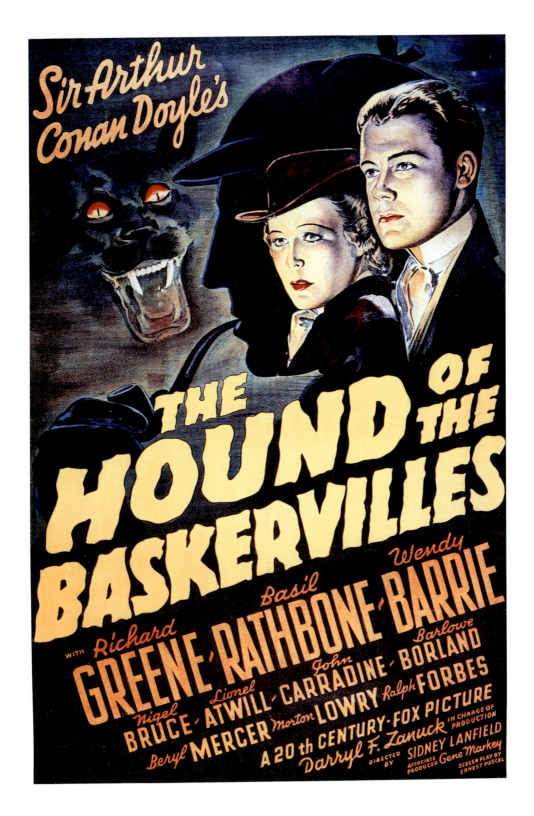

布鲁克及之后

第一部福尔摩斯有声电影于 1929 年上映，次年 7 月柯南·道尔逝世。温文尔雅的英国演员克莱夫·布鲁克在派拉蒙电影公司出品的影片《福尔摩斯归来》中饰演大侦探，虽然影片中福尔摩斯、华生、莫里亚蒂和塞巴斯蒂安·莫兰上校悉数登场，但该故事却并非基于柯南·道尔的原著。布鲁克随后两度出演福尔摩斯，等到 20 世纪三四十年代便由阿瑟·旺特纳和巴兹尔·拉思伯恩两人接棒，如同先前的吉列特和诺伍德，他们用自己的表演诠释了属于所处时代的福尔摩斯。纵观默片时代，从简短的戏法电影和戏仿作品，到充分发挥叙事作用（尤其是在讲侦探故事方面）的长片，福尔摩斯的银幕形象在各式各样的电影中不断发展。从本质上来说，这一时期的作品为两种主要的电影类型确立了范本：一类套用福尔摩斯这一角色的设定或柯南·道尔小说的框架，并以此为基础展开惊心动魄的新故事；与之相反，另一类则尽可能地贴近并忠实于原著。

所有的这些组合形式一直沿用到有声电影时代，而且，随着维多利亚时代逐渐远去，对这一时代的相关细节的注重给电影改编增添了新的维度和趣味，以至于最终人们难以想象一个不穿礼服大衣、没有 11 月浓雾相伴的福尔摩斯会是怎样的。格拉纳达电视台于 1984 年至 1994 年间推出的电视连续剧基本上沿用的是斯托尔电影公司 60 多年前的那一套策略，即制作系列分集电视剧，故事在紧扣原著的基础上适当作些细微的调整，以延长时间或是满足影视改编的实际需要。斯托尔电影公司的系列影片以当时的 20 世纪 20 年代为故事背景，格拉纳达电视台的系列电视剧则精心打造了维多利亚时代的背景，其情节紧密贴合柯南·道尔的原著小说，对此格拉纳达电视台颇以为傲。

然而，近年来的英剧《神探夏洛克》和美剧《福尔摩斯：基本演绎法》都以现代社会为背景，影视节目制作人兜兜转转，最终又绕回到原点。福尔摩斯再次被搬到现代，不过这回是为响应市场需求而有意为之。例如，在《神探夏洛克》中，看到柯南·道尔创作的情节、人物以及电报、双轮出租马车等维多利亚时代的特色元素被巧妙地融入现代，我们也不由乐在其中。柯南·道尔对本尼迪克特·康伯巴奇演绎的发着短信的"高功能反社会"版福尔摩斯会有何看法自然尚有争议，不过，确定无疑的是，福尔摩斯远比他的创造者存在得更久，也更卓越，这一点在他的银幕生涯开始之时，便已注定了。

饰演夏洛克·福尔摩斯的巴兹尔·拉思伯恩，约 1939 年

电影《斑点带子案》中饰演福尔摩斯的
雷蒙德·马西，1931 年

电影《福尔摩斯与失窃的伦勃朗名画》中扮演
福尔摩斯的阿瑟·旺特纳，1932 年

电影与电视剧中的
福尔摩斯

从最初的电影作品到最近的电视节目，在其中
扮演过夏洛克·福尔摩斯和华生医生的演员多
得难以想象。每位演员都以独特的方式诠释着
自己的角色。不过，他们的表演似乎贯穿着一
条共同的思路，尤其是在他们展现福尔摩斯那
"凝眸思索"的姿势时。哪怕演员没有身穿花呢
大衣、手握烟斗，内在的夏洛克·福尔摩斯人
格也总会在不经意间流露出来。

电影《血字的研究》中饰演福尔摩斯的
雷金纳德·欧文，1933 年

巴兹尔·拉思伯恩饰演的福尔摩斯与奈杰尔·
布鲁斯饰演的华生医生，约 1939 年

电影《巴斯克维尔的猎犬》中饰演福尔摩斯的
彼得·库欣，1959 年

电影《福尔摩斯秘史》中饰演福尔摩斯的
罗伯特·斯蒂芬斯，1970 年

※

电影《福尔摩斯在纽约》中
饰演福尔摩斯的
罗杰·穆尔，1976 年

※

电影《7% 的溶液》中饰演
华生医生的罗伯特·杜瓦尔
和饰演福尔摩斯的尼科尔·
威廉森，1976 年

电影《午夜谋杀》中饰演华生的詹姆斯·梅森和
饰演福尔摩斯的克里斯托弗·普卢默，1979 年

恶搞喜剧电影《巴斯克维尔的猎犬》中饰演
福尔摩斯的彼得·库克，1978 年

＊

电视电影《巴斯克维尔的猎犬》中饰演福尔摩斯的伊恩·理查森，1983 年

＊

电影《少年福尔摩斯》中饰演福尔摩斯的尼古拉斯·罗和饰演华生的艾伦·考克斯，1985 年

电视剧《星际旅行：下一代》分集"这是
最基本的，亲爱的 Data"中饰演机器人
Data 的布伦特·斯皮内，1988 年

电视剧《福尔摩斯历险记》分集"最后一案"中饰演华生医生的
大卫·伯克和饰演福尔摩斯的杰里米·布雷特，1984 年

电视电影《福尔摩斯与领衔主演》中饰演
福尔摩斯的克里斯托弗·李，1991 年

英国广播公司出品的电视剧《神探夏洛克》中饰演约翰·华生的马丁·弗里曼
和饰演夏洛克·福尔摩斯的本尼迪克特·康伯巴奇，2010 年

电影《大侦探福尔摩斯》中饰演夏洛克·福尔摩斯的小罗伯特·唐尼和饰演华生医生的裘德·洛，2009 年

美剧《福尔摩斯：基本演绎法》中饰演夏洛克·福尔摩斯的约翰尼·李·米勒和饰演华生医生的刘玉玲，2012 年

作者简介

大卫·康纳汀爵士，英国社会科学院院士，普林斯顿大学历史系荣誉退休教授，著有《英国贵族的没落》《英国阶级概况》《装饰主义》《梅隆：一个美国金融政治家的人生》《不可分割的过去》《乔治五世》等作品。大卫爵士兼任沃夫森基金会、英国皇家艺术学院、伯明翰图书馆、罗思柴尔德档案馆、格莱斯顿图书馆及戈登·布朗档案馆理事。他还是《牛津国家人物传记大辞典》的主编、威斯敏斯特教堂结构委员会的副主席、杂志《过去与现在》的编委会成员、维多利亚时代研究协会的副主席。他曾是英国皇家铸币厂咨询委员会和英国议会历史编委会成员，也曾是英国国家肖像馆和蓝牌委员会理事长、英格兰历史建筑暨遗迹委员会成员、肯尼迪纪念信托基金理事、大英帝国及英联邦博物馆理事。大卫爵士在英国广播和电视节目中常有露面，并为英国广播公司第四电台的《观点》栏目定期供稿。

约翰·斯托克斯，伦敦国王学院英国当代文学研究方向荣誉退休教授，在"19世纪晚期"的文化领域多有著述，并同马克·W. 特纳合作编纂了《王尔德全集》中的两卷（牛津大学出版社，2013年）。

亚历克斯·沃纳，伦敦博物馆历史藏品部负责人，曾策划多场大型展览，包括"狄更斯与伦敦""扩张的城市画廊""开膛手杰克与伦敦东区"。他还著有《狄更斯与维多利亚时代的伦敦》（与托尼·威廉斯合著）和《码头生活》（与克里斯·埃尔默斯合著）。

帕特·哈代，伦敦博物馆画展"油画、版画、素描"策展人，"夏洛克·福尔摩斯"特展策展人。获得考陶尔德艺术学院19世纪英国艺

261

术研究方向博士学位后，她在英国国家肖像馆担任助理策展人，负责当时好评如潮的"托马斯·劳伦斯爵士"展，随后在利物浦国家博物馆担任"纸上作品"的策展人。此外，她还策划了"狄更斯与伦敦"和"笔绘奥运：2012 年的伦敦与尼古拉斯·加兰"，并参与了伦敦码头区博物馆 2015 年举办的奥运相关展览的前期准备工作。她在艺术领域著述颇丰，还针对展现 19 世纪移民形象的画作撰写过论著。

克莱尔·佩蒂特，伦敦国王学院 19 世纪文学与文化研究方向教授。她的第一部专著《发明专利：知识产权与维多利亚时代的小说》（牛津大学出版社，2004 年）深入探讨了工业化时代创造力的地位。她的第二部作品《我猜是利文斯通博士吧：传教士、记者、探险家与帝国》（普洛菲尔出版社和哈佛大学出版社，2007 年）探讨的是 19 世纪非洲与欧洲现代性间的冲突。2006 年至 2011 年间，她担任剑桥大学维多利亚时代研究项目的负责人，随后又负责为期 4 年的艺术与人文研究委员会科研项目"加密信息：电报的艺术 1857—1900"，探索跨大西洋电报的美学价值。

纳萨莉·莫里斯博士，英国电影协会国家档案馆特藏区资深策展人。在默片和英国电影的多个方面均有论著，包括 1930 年以前英国电影业的女性工作者、电影的营销与推广，以及艾尔弗雷德·希区柯克与妻子阿尔玛·雷维尔的早期职业生涯（及与伦敦的关系）。她还研究过美食与电影、英国电影的服装设计，以及迈克尔·鲍威尔和埃默里克·普雷斯伯格的电影作品。

致谢

首先，特别感谢本书所有作者，以及为本书出版费心劳力的杰拉尔丁·比尔、凯瑟琳·库克、大卫·海、珍妮·德·热克斯、迈克尔·甘东、罗杰·约翰逊、乔恩·莱伦伯格、格伦·米兰克尔、兰德尔·斯托克、马克·特纳、琼·厄普顿和尼古拉斯·尤特钦。其次，感谢伦敦博物馆的所有同事，尤其是尼基·布朗顿、约翰·蔡斯、肖恩·奥沙利文、玛利亚·雷戈、罗兹·雪利斯、安娜·斯帕汉、理查德·斯特劳德和肖恩·沃特曼，本书设计师彼得·沃德，还有尼基·克罗斯利、凯里·史密斯及伊布里出版社的所有工作人员。最后，还要感谢我的妻子安。

图片来源说明

凡需要保护版权的材料，其翻印均符合相关规定，并已进行说明，如有遗漏，请尽快告知出版社和本书作者。以下图片为下述相关单位许可翻印，其他图片均由伦敦博物馆提供。

Pages II, 141, 214 Courtesy of Nicolas Utechin

Page 015 British Library/Robana via Getty Images

Page 044 Reproduced by permission of English Heritage

Pages 052, 238, 252 top left & bottom left, 253 bottom, 256 bottom right Getty Images

Pages 054, 256 left REX/ITV

Page 055 Universal/The Kobal Collection

Pages 058, 063 © Museum of London/ The Heath Family

Page 069 ©The British Library Board W83/8601

Page 080 William Andrews Clark Memorial Library, University of California, Los Angeles

Page 101 © George Eastman House, International Museum of Photography and Film

Page 106 © PLA Collection/Museum of London

Pages 077, 110, 112, 124, 228 Arthur Conan Doyle Collection- Lancelyn Green Bequest, Portsmouth City Council

Pages 129, 135, 197 Private collection

Page 140 The Ned Guymon Mystery and Detective Fiction Collection, Occidental College Special Collections, Los Angeles

Page 157 © National Trust Images/ Derrick E. Witty

Page 163 © The Hunterian, University of Glasgow 2014

Pages 164, 168 Courtesy of the Prints & Photographs Division, Library of Congress, LC-DIG-ppmsca-380367 & LC-DIG-ppmsca-38038

Page 165 Leeds Museums and Galleries (Leeds Art Gallery) U.K./Bridgeman Images

Page 166 Courtesy of the Richard Green Gallery

Pages 199, 203, 207 Courtesy of the BT Heritage & Archives

本书中出现的伦敦博物馆藏品可在以下网站找到：

www.museumoflondonprints.com

图书在版编目 (CIP) 数据

夏洛克·福尔摩斯：从未存在，永远流传 ／（英）亚力克斯·沃纳 (Alex Werner)，英国伦敦博物馆编；韩阳，孙依静译. —— 北京：外语教学与研究出版社，2019.8
ISBN 978-7-5213-1116-7

Ⅰ. ①夏… Ⅱ. ①亚… ②英… ③韩… ④孙… Ⅲ. ①侦探小说－小说研究－英国 Ⅳ. ①I561.074

中国版本图书馆 CIP 数据核字 (2019) 第 179378 号

地图审图号：GS（2017）2853 号

出 版 人 徐建忠
项目策划 张　颖
项目编辑 黄雅思
责任编辑 郑树敏
责任校对 徐晓雨
装帧设计 李　高
出版发行 外语教学与研究出版社
社　　址 北京市西三环北路 19 号（100089）
网　　址 http://www.fltrp.com
印　　刷 北京盛通印刷股份有限公司
开　　本 787×1092 1/16
印　　张 17
版　　次 2019 年 10 月第 1 版 2019 年 10 月第 1 次印刷
书　　号 ISBN 978-7-5213-1116-7
定　　价 168.00 元

购书咨询：（010）88819926 电子邮箱：club@fltrp.com
外研书店：https://waiyants.tmall.com
凡印刷、装订质量问题，请联系我社印制部
联系电话：（010）61207896 电子邮箱：zhijian@fltrp.com
凡侵权、盗版书籍线索，请联系我社法律事务部
举报电话：（010）88817519 电子邮箱：banquan@fltrp.com
物料号：311160001

Marlbro'
Rd Sta.

Primrose Hill
Park

CAMDEN TOWN

St Johns Wood
Road Sta.

ST JOHNS

Lords Cricket Grd

REGENTS
PARK

Kiosk

Minster
Square

Great Northern Railway Terminus

London & North Western Railway Terminus

Market

Metropolitan

Clarence Gate

Clarence College

University College

BISHOPS ROAD
STATION

St Alfred's

BAYSWATER

Great Western Railway
and

PRAED ST
STA.

OXFORD STREET

Langham Hotel

Soho Square

Oxford St

Bedford Square

Princess's Theatre

Crystal Palace

National Gallery

QUEENS RD BAYSWATER

Marble Arch

Grosvenor Gallery

Royal Instn

Charing Cross

Grand Hotel

NOTTING HILL GATE

KENSINGTON

HYDE PARK

GARDENS

Kensington Palace

RIVER

Achilles

Arch

St George's
Hospital

GREEN
PARK

St James's Palace

Marlborough House

PALACE
GARDENS

HIGH STREET KENSINGTON

KENSINGTON ROAD

Albert Memorial

Kensington Museum

BELGRAVIA

Campbell House

Buckingham Palace

BIRDCAGE WALK

ST GEORGE ST

Westminster Hospital

INTERNATIONAL
EXHIBITION

Natural History

National Portrait Gallery

Victoria Sta

KENSINGTON

GLOUCESTER RD BROMPTON STA

SOUTH KENSINGTON STA

METROPOLITAN

CROMWELL ROAD

DISTRICT

RAILWAY

Buckingham Palace Hotel
Westminster Palace Hotel

VICTORIA STREET

Victoria
Terminus

Regent Hotel

Consumption Hospital

BROMPTON

National Training Coll

Prince of Wales Theatre

BRIGHTON

Penitentiary

Chelsea Hospital

Guards Barracks

GREAT WESTERN

DOVER RAILWAYS

Millbank

CHELSEA

CHATHAM

BATTERSEA PARK

Lambeth Bridge

SOUTH